陈志武

1963年的陈忠实

1985年4月,前排左起:李若冰、胡采、周雅光、杜鹏程、王汶石。
后排左起:路遥、贾平凹、陈忠实、王丕祥、杨韦昕

20世纪90年代的陈忠实

陈忠实六十岁生日,与家人欢聚

2005年,白鹿书院初建,陈忠实与邢小利(左)两位"山长"在一起

2012年元月22日,在祖居老屋院子里扫雪

肖像印签版

行走人间

陈忠实的人生感知与生活体验

陈忠实 著

重庆出版集团 重庆出版社

图书在版编目（CIP）数据

行走人间 / 陈忠实著. — 重庆：重庆出版社，2019.12
ISBN 978-7-229-14633-7

Ⅰ.①行… Ⅱ.①陈… Ⅲ.①随笔—作品集—中国—当代 Ⅳ.① I267.1

中国版本图书馆 CIP 数据核字 (2019) 第 257149 号

行走人间
XINGZOU RENJIAN
陈忠实 著

责任编辑：陶志宏　张　蕊
策　　划：白　翎　玉　儿
责任校对：杨　婧
装帧设计：璞茜设计

重庆出版集团　出版
重庆出版社
重庆市南岸区南滨路 162 号 1 幢　邮政编码：400061　http://www.cqph.com
小渔工作室制版
天津行知印刷有限公司印刷
重庆出版集团图书发行有限公司发行
E-MAIL:fxchu@cqph.com　邮购电话：023-61520646

全国新华书店经销

开本：880mm×1230mm　1/32　印张：9　字数：208 千
2019 年 12 月第 1 版　2019 年 12 月第 1 次印刷
ISBN 978-7-229-14633-7
定价：42.00 元

如有印装质量问题,请向本集团图书发行有限公司调换:023-61520678

版权所有　侵权必究

孤独中行走

有些路，只能一个人走。
在孤独的磨砺中塑造一颗坚毅的心。

晶莹的泪珠 003

原下的日子 014

回家折枣 024

父亲的树 031

与军徽擦肩而过 042

生命之雨 055

我的第一次投稿 064

三九的雨 072

汽笛·布鞋·红腰带　077

拥有一方绿荫　085

别路遥　091

人生，需要留白

学会选择与取舍，有所为、有所不为。人生匆忙之中，给自我留白，做无为之事，遣有生之涯。

我的文学生涯	097
六十岁说	104
皮鞋·鳝丝·花点衬衫	108
黄帝陵，不可言说	116
最初的晚餐	119
三十年，感知与体验 ——与邢小利对话	123
重读《家》，一个时代的标志 ——写在巴金百岁华诞	145
种菊小记	150

最初的操练 154

活着，只相信诚实
——怀念胡采 161

《白鹿原》的创作经过 164

从容生活，足够深情

山川岁月长，唯愿生活从容而不慌乱，足够深情，不负过往……

火晶柿子 185

一九八〇年夏天的一顿午餐 196

也说中国人的情感 206

借助巨人的肩膀 213
——外国小说阅读记忆

白鹿回到白鹿原 232

突破自己 236

文学的信念与理想 243

再说死亡 256

『非典』不是虎烈拉 261

深入生活浅议 264

白鸽向我飞来 271

孤独中行走

有些路,只能一个人走。
在孤独的磨砺中塑造一颗坚毅的心。

晶莹的泪珠

我手里捏着一张休学申请书朝教务处走着。我要求休学一年。我写了一张要求休学的申请书。我在把书面申请交给班主任的同时,又口头申述了休学的因由,发觉口头申述因为穷而休学的理由比书面申述更加难堪。好在班主任对我口头和书面申述的同一因由表示理解,没有经历太多的询问便在申请书下边空白的地方签写了"同意该生休学一年"的意见,自然也签上了他的名字和时间。他随之让我等一等,就拿着我写的申请书出门去了,回来时那申请书上就增加了校长的一行签字,比班主任的字签得少自然也更简洁,只有"同意"二字,连姓名也简洁到只有一个姓,名字略去了。班主任对我说:"你现在到教务处去办手续,开一张休学证书。"

我敲响了教务处的门板。获准以后便推开了门,一位年轻的女先生正伏在米黄色的办公桌上,手里捉着长杆蘸水笔在一厚本表册上填写着什么，并不抬头。我知道开学报名时教务处最忙，忙就忙在许多要填写的各式表格上。我走到她的办公桌前鞠了一躬："老师，给我开一张休学证书。"然后就把那张签着班主任和校长姓名和他们意见的申请递放到桌子上。

她抬起头来，诧异地瞅了我一眼，拎起我的申请书来看着，长杆蘸水笔还夹在指缝之间。她很快看完了，又专注地把目光留滞在纸页下端班主任签写的一行意见和校长更为简洁的意见上面，似乎两个人连姓名在内的十来个字的意见批示，看去比我大半页的申请书还要费时更多。她终于抬起头来问：

"就是你写的这些理由吗？"

"就是的。"

"不休学不行吗？"

"不行。"

"亲戚全都帮不上忙吗？"

"亲戚……也都穷。"

"可是……你休学一年，家里的经济状况也不见得能改变，一年后你怎么能保证复学呢？"

于是我就信心十足地告诉她我父亲的精确安排计划：待到明年我哥哥初中毕业，父亲谋划着让他投考师范学校，师范生的学杂费和伙食费全由国家供给,据说还发 3 块钱零花钱。那时候我就可以复学接着念初中了。我拿父亲的话给她解释,企图消除她对我能否复学的疑虑:"我伯伯说来,他只能供得住一个中学生。俺兄弟俩同时念中学,他供不住。"

我没有做更多的解释。我爱面子的弱点早在此前已经形成。我不想再向任何人重复叙述我们家庭的困窘。父亲是个纯粹的农民,供着两个同时在中学念书的儿子。哥哥在距家 40 多里远的县城中学,我在离家 50 多里的西安一所新建的中学就读。在家里,我和哥哥可以合盖一条被子,破点旧点也关系不大。先是哥哥接着是我要离家到县城和省城的寄宿学校去念中学,每人就得有一套被褥行头,学费杂费伙食费和种种花销都空前增加了。实际上轮到我考上初中时已不再是考中秀才般的荣耀和喜庆,反而变成了一团浓厚的愁云忧雾笼罩在家室屋院的上空。我的行装已不能像哥哥那样有一套新被子新褥子和新床单,被简化到只能有一条旧被子卷成小卷儿背进城市里的学校。我的那一绺床板终日裸露着缝隙宽大的木质板面,晚上就把被子铺一半再盖上一半。我也不能像哥哥那样由父亲把一整袋面粉送交给学生灶,而只能是每周六回家来背一袋杂面馍馍到学校去,因为学校灶上的管理制度规定一律交麦子面,而我们家总是短缺麦子而包谷面还算宽裕。这样的生活我并未意识到有什么不好。因为背馍上学的学生远远超过能搭得起灶的学生人数，每到三顿饭时，背馍的学生便在开水灶的一排供水龙头前排起五六列长队，把掰碎的各色馍块装进各自的大号搪瓷缸子里，用开水浸泡后，便三人一堆五人一伙围在乒乓球台的周围进餐，佐菜大都是花钱买的竹篓咸菜或家制的腌辣椒，说笑和争论的声浪甚至压制了那些从灶房领取炒菜和热饭的"贵族阶层"。

这样的念书生活终于难以为继。父亲供给两个中学生的经济支柱，一是卖粮，一是卖树，而我印象最深的还是卖树。父亲自青年时就喜欢栽树，我们家四五块滩地地头的灌渠渠沿上，是纯一色的生长最快的小叶杨树，稠密到不足一步就是一棵，粗的可作檩条，细的能当椽子。父亲卖树早已打破了先大后小先粗后细的普通法则，一切都是随买家的需要而定，需要檩条就任其选择粗的，需要椽子就让他们砍伐细的。所得的票子全都经由哥哥和我的手交给了学校，或是换来书籍课本和作业本以及哥哥的菜票我的开水费。

树卖掉后，父亲便迫不及待地刨挖树根，指头粗细的毛根也不轻易舍弃，把树根劈成小块晒干，然后装到两只大竹条笼里挑起来去赶集，卖给集镇上那些饭馆药铺或供销社单位。100斤劈柴的最高时价为1.5元，得来的块把钱也都经由上述的相同渠道花掉了。直到滩地上的小叶杨树在短短的三四年间全部砍伐一空，地下的树根也掏挖干净，渠岸上留下一排新插的白杨枝条或手腕粗细的小树……

我上完初一第一学期，寒假回到家中便预感到要发生重要变故了。新年佳节弥漫在整个村巷里的喜庆气氛与我父亲眉宇间的那种根深蒂固的忧虑形成强烈的反差，直到大年初一刚刚过去的当天晚上，父亲便说出来谋划已久的决策："你得休一年学，一年。"他强调了一年这个时限。我没有感到太大的惊讶。在整个一个学期里，我渴盼星期六回家又惧怕星期六回家。我那年刚刚13岁，从未出过远门，而一旦出门便是50多里远的陌生的城市，只有星期六才能回家一趟去背馍，且不要说一周里一天三顿开水泡馍所造成的对一碗面条的迫切渴望了。然而每个周六在吃罢一碗香喷喷的面条后便进入感情危机，我必须说出明天返校时要拿的钱数儿，1元班会费或5角集体买理发工具的款项。我知道一根丈五长的椽子只能卖到1.5元钱，一丈长的椽子只有8角到1元的浮动区。我往往在提出要钱数目之前就折合出来这回要扛走父亲一根或两根椽子，或者是多少斤树根劈柴。我必须在周六晚上提前提出钱数，以便父亲可以从容地去借款。每当这时我就看见父亲顿时阴沉下来的脸色和眼神，同时，夹杂着短促的叹息。我便低了头或扭开脸不看父亲的脸。母亲的脸色同样忧愁。父亲的脸眼一旦成了那种样子，我就不忍对看或者不敢对看。父亲生就的是一脸的豪壮气色，高眉骨大眼睛统直的高鼻梁和鼻翼两边很有力度的两道弯沟，忧愁蒙结在这样一张脸上似乎就不堪一睹……我曾经不止一次地产生过这样的念头，为什么一定要念中学呢？村子里不是有许多同龄伙伴没有考取初中仍然高高兴兴地给牛割草给灶里拾柴吗？我为什么要给父亲那张脸上周期性地制造忧愁呢……父亲接着就讲述了他让哥哥一年后投考师范的谋略，然后可以供我复学念初中了。他怕影响一家人过年的兴头儿，所以压在心里直到过了初一才说出来。我说："休学？"父亲安慰我说："休学一年不要紧，你年龄小。"我也不以为休学一年有多么严重，因为同班的50多名男女同学中有不少人都结过婚，既有孩子的爸爸，也有做了妈妈的，这在50年代初并不奇怪，新中国成立后才获得上学机会的乡村青年不限年龄。我是班里年龄最小个头最矮的一个，座位排在头一张课桌上。我轻松地说："过一年个子长高了，我就不坐头排头一张桌子咧——上课扭得人脖子疼……"父亲依然无奈地说："钱的来路断咧！树卖完了。"

她放下夹在指缝间的木制长杆蘸水笔，合上一本很厚很长的登记簿，站起来说："你等等，我就来。"我就坐在一张椅子上等待，总是止不住她出去干什么的猜想。过了一阵儿她回来了，情绪有些亢奋也有点激动，一坐到她的椅子上就说："我去找校长了……"我明白了她的去处，似乎验证了我刚才的几种猜想中的一种,心里也怦然动了一下。她没有谈她找校长说了什么,也没有说校长给她说了什么。她现在双手扶在桌沿上低垂着眼,久久不说一句话。她轻轻舒了一口气,扬起头来时我就发现,亢奋的情绪已经隐退,温柔妩媚的气色渐渐回归到眼角和眉宇里来了,似乎有一缕淡淡的无能为力的无奈。

她又轻轻舒了口气,拉开抽屉取出一本公文本在桌子上翻开,从笔筒里抽出那支木杆蘸水笔,在墨水瓶里蘸上墨水后又停下手,问:"你家里就再想不出办法了?"我看着那双滋浮着忧郁气色的眼睛,忽然联想到姐姐的眼神。这种眼神足以使任何被痛苦折磨着的心平静下来,足以使任何被痛苦折磨得心力交瘁的灵魂得到抚慰,足以使人沉静地忍受痛苦和劫难而不至于沉沦。我突然意识到因为我的休学致使她心情不好这个最简单的推理,而在校长班主任和她中间,她恰好是最不应该产生这种心情的。她是教务处的一位年轻职员,平时就是在教务处做些抄抄写写的事,在黑板上写一些诸如打扫卫生的通知之类的事,我和她几乎没有说过话,甚至今也记不住她的姓名。我便说:"老师,没关系。休学一年没啥关系,我年龄小。"她说:"白白耽搁一年多可惜!"随之又换了一种口吻说,"我知道你的名字也认得你。每个班前三名的学生我都认识。"我的心情突然灰暗起来而没有再开口。

她终于落笔填写了公文函，取出公章在下方盖了，又在切割线上盖上一枚合缝印章，吱吱吱撕下并不交给我，放在桌子上，然后把我的休学申请书抹上糨糊后贴在公文存根上。她做完这一切才重新拿起休学证书交给我说："装好。明年复学时拿着来找我。"我把那张硬质纸印制的休学证书折叠了两番装进口袋。她从桌子那边绕过来，又从我的口袋里掏出来塞进我的书包里，说："明年这阵儿你一定要来复学。"

我向她深深地鞠了躬就走出门去。我听到背后咣当一声闭门的声音，同时也听到一声"等等"。她拢了拢齐肩的整齐的头发朝我走来，和我并排在廊檐下的台阶上走着，两只手插在外套的口袋里。走过一个又一个窗户，走过一个又一个教室的前门和后门，校园里和教室里出出进进着男女同学，有的忙着去注册去交费，有的已经抱着一摞摞新课本新作业本走进教室，还有从校门口刚刚进来的背着被卷馍袋的迟来者。我忽然心情很不好受，在争取到了休学证后心劲松了吧？我很不愿意看见同班同学的熟悉的脸孔，便低了头匆匆走起来，凭感觉可以知道她也加快了脚步，几乎和我同时走出学校大门。

学校门口又涌来一拨偏远地区的学生，熟悉的同学便连连问我："你来得早！报过名了吧？"我含糊地笑笑就走过去了,想尽快远离正在迎接新学期的洋溢着欢跃气浪的学校大门。她又喊了一声"等等"。我停住脚步。她走过来拍了拍我的书包:"甭把休学证弄丢了。"我点点头。她这时才有一句安慰我的话:"我同意你的打算,休学一年不要紧,你年龄小。"

我抬头看她,猛然看见那双眼睫毛很长的眼眶里溢出泪水来,像雨雾中正在涨溢的湖水,泪珠在眼里打着旋儿,晶莹透亮。我瞬即垂下头避开目光。要是再在她的眼睛里多驻留一秒,我肯定就会号啕大哭。我低着头咬着嘴唇,脚下盲目地拨弄着一颗碎瓦片来抑制情绪,感觉到有一股热辣辣的酸流从鼻腔倒灌进喉咙里去。我后来的整个生命历程中发生过多次这种酸水倒流的事,而倒流的渠道却是从14岁刚来到的这个生命年轮上第一次疏通的。第一次疏通的倒流的酸水的渠道肯定狭窄,承受不下那么多的酸水,因而还是有一小股从眼睛里冒出来,模糊了双眼,顺手就用袖头揩掉了。我终于扬起头鼓起劲儿说:"老师……我走咧……"

她的手轻轻搭上我的肩头:"记住,明年的今天来报到复学。"

我看见两滴晶莹的泪珠从眼睫毛上滑落下来,掉在脸鼻之间的谷地上,缓缓流过一段就在鼻翼两边挂住。我再一次虔诚地深深鞠躬,然后就转过身走掉了。

25年后，卖树卖树根（劈柴）供我念书的父亲在癌病弥留之际，对坐在他身边的我说："我有一件事对不住你……"

我惊讶得不知所措。

"我不该让你休那一年学！"

我浑身战栗，久久无言。我像被一吨烈性"梯恩梯"炸成碎块细末儿飞向天空，又似乎跌入千年冰窖而冻僵四肢冻僵躯体也冻僵了心脏。在我高中毕业名落孙山回到乡村的无边无际的彷徨苦闷中，我曾经猴急似的怨天尤人："全都倒霉在休那一年学……"我1962年毕业恰逢中国经济最困难的年月，高校招生任务大大缩小，我们班里剃了光头，四个班也仅仅只考取了一个个位数，而在上一年的毕业生里我们这所不属重点的学校也有50%的学生考取了大学。我如果不是休学一年当是1961年毕业……父亲说："错过一年……让你错过了20年……而今你还算熬出点名堂了……"

我感觉到炸飞的碎块细末儿又归结成了原来的我，冻僵的四肢自如了冻僵的躯体灵便了冻僵的心又噔噔噔跳起来的时候，猛然想起休学出门时那位女老师溢满眼眶又流挂在鼻翼上的晶莹的泪珠儿。我对已经跨进黄泉路上半步的依然向我忏悔的父亲讲了那一串的泪珠的经历，我称呼伯伯的父亲便安然合上了眼睛，喃喃地说："可你……怎么……不早点给我……说这女先生哩……"

我今天终于把几近40年前的这一段经历写出来的时候，对自己算是一种虔诚祈祷，当各种欲望膨胀成一股强大的浊流冲击所有大门窗户和每一个心扉的当今，我便企望自己如女老师那种泪珠的泪泉不致堵塞更不敢枯竭，那是滋养生命灵魂的泉源，也是滋润民族精神的泉源哦……

原下的日子

一

新世纪到来的第一个农历春节过后，我买了二十多袋无烟煤和吃食，回到乡村祖居的老屋。我站在门口对着送我回来的妻女挥手告别，看着汽车转过沟口那座塌檐倾壁残颓不堪的关帝庙，折回身走进大门进入刚刚清扫过隔年落叶的小院，心里竟然有点酸酸的感觉。已经摸上六十岁的人了，何苦又回到这个空寂了近十年的老窝里来。

从窗框伸出的铁皮烟筒悠悠地冒出一缕缕淡灰的煤烟，火炉正在烘除屋子里整个一个冬天积攒的寒气。我从前院穿过前屋过堂走到小院，南窗前的丁香和东西围墙根下的三株枣树苗子，枝头尚不见任何动静，倒是三五丛月季的枝梢上暴出小小的紫红的芽苞，显然是春天的讯息。然而整个小院里太过沉寂太过阴冷的气氛，还是让我很难转换出回归乡土的欢愉来。

我站在院子里，抽我的雪茄。东邻的屋院差不多成了一个荒园，兄弟两个都选了新宅基地建了新房搬出许多年了。西邻曾经是这个村子有名的八家院，拥挤如同鸡笼，先后也都搬迁到村子里新辟的宅基地上安居了。我的这个屋院，曾经是父亲和两位堂弟三分天下的"三国"，最鼎盛的年月，有祖孙三代十六人进进出出在七八个或宽或窄的门洞里。在我尚属朦胧混沌的生命区段里，看着村人把装着奶奶和被叫作厦屋爷的黑色棺材，先后抬出这个屋院，再在街门外用粗大的抬杠捆绑起来，在儿孙们此起彼伏的哭嚎声浪里抬出村子，抬上原坡，沉入刚刚挖好的墓坑。我后来也沿袭这种大致相同的仪程，亲手操办我的父亲和母亲从屋院到墓地这个最后驿站的归结过程。许多年来，无论有怎样紧要的事项，我都没有缺席由堂弟们操办的两位叔父一位婶娘最终走出屋院走出村子走进原坡某个角落的墓坑的过程。现在，我的兄弟姊妹和堂弟堂妹及我的儿女，相继走出这个屋院，或在天之一方，或在村子的另一个角落，以各自的方式过着自己的日子。眼下的景象是，这个给我留下拥挤也留下热闹印象的祖居的小院，只有我一个人站在院子里。原坡上漫下来寒冷的风。从未有过的空旷。从未有过的空落。从未有过的空洞。

我的脚下是祖宗们反复踩踏过的土地。我现在又站在这方小小的留着许多代人脚印的小院里。我不会问自己也不会向谁解释为了什么又为了什么重新回来,因为这已经是行为之前的决计了。丰富的汉语言文字里有一个词儿叫龌龊。我在一段时日里充分地体味到这个词儿的不尽的内蕴。

我听见架在火炉上的水壶发出"噗噗噗"的响声。我沏下一杯上好的陕南绿茶。我坐在曾经坐过近20年的那把藤条已经变灰的藤椅上,抿一口清香的茶水,瞅着火炉炉膛里炽红的炭块,耳际似乎萦绕着见过面乃至根本未见过面的老祖宗们的声音:嗨!你早该回来了。

第二天微明,我搞不清是被鸟叫声惊醒的,还是醒来后听到了一种鸟的叫声。我的第一反应是斑鸠。这肯定是鸟类庞大的族群里最单调最平实的叫声,却也是我生命磁带上最敏感的叫声。我慌忙披衣坐起,隔着窗玻璃望去,后屋屋脊上有两只灰褐色的斑鸠。在清晨凛冽的寒风里,一只斑鸠围着另一只斑鸠团团转悠,一点头,一翘尾,发出连续的"咕咕咕……咕咕咕"的叫声。哦!催发生命运动的春的旋律,在严寒依然裹盖着的斑鸠的躁动中传达出来了。

我竟然泪眼模糊。

二

傍晚时分，我走上灞河长堤。堤上是经过雨雪浸淫沤泡变成黑色的枯蒿枯草。沉落到西原坡顶的蛋黄似的太阳绵软无力。对岸成片的白杨树林，在蒙蒙灰雾里依然不失其肃然和庄重。河水清澈到令人忍不住又不忍心用手撩拨。一只雪白的鹭鸶，从下游悠悠然飘落在我眼前的浅水边。我无意间发现，斜对岸的那片沙地上，有个男子挑着两只装满石头的铁丝笼走出一个偌大的沙坑，把笼里的石头倒在石头垛子上，又挑起空笼走回那个低陷的沙坑。那儿用三脚架撑着一张钢丝箩筛。他把刨下的沙石一锨一锨抛向箩筛，发出连续不断千篇一律的声响，石头和沙子就在箩筛两边分流了。

我久久地站在河堤上，看着那个男子走出沙坑又返回沙坑。这儿距离西安不足三十公里。都市里的霓虹此刻该当缤纷，各种休闲娱乐的场合开始进入兴奋期。暮霭渐渐四合的沙滩上，那个男子还在沙坑与石头垛子之间来回往返。这个男子以这样的姿态存在于世界的这个角落。

我突发联想，印成一格一框的稿纸如同那张箩筛。他在他的箩筛上筛出的是一粒一粒石子。我在我的"箩筛"上筛出的是一个一个方块汉字。现行的稿酬标准无论高了低了贵了贱了，肯定是那位农民男子的石子无法比对的。我自觉尚未无聊到滥生矫情,不过是较为透彻地意识到构成社会总体坐标的这一极。这一极与另外一极的粗细强弱的差异。

这是新世纪的第一个早春。这是我回到原下祖屋的第二天傍晚。这是我的家乡那条曾为无数诗家墨客提供柳枝,却总也寄托不尽情思离愁的灞河河滩。此刻,三十公里外的西安城里的霓虹灯,与灞河两岸或大或小村庄里隐现的窗户亮光;豪华或普通轿车壅塞的街道,与田间小道上悠悠移动的架子车;出入大饭店小酒吧的俊男靓女打蜡的头发涂红(或紫)的嘴唇,与拽着牛羊缰绳背着柴火的乡村男女;全自动或半自动化的生产流水线,与那个在沙坑在筝筛前挑战贫穷的男子……构成当代社会的大坐标。我知道我不会再回到挖沙筛石这一极中去,却在这个坐标中找到了心理平衡的支点,也无法从这一极上移开眼睛。

三

村庄背靠白鹿原北坡。遍布原坡的大大小小的沟梁奇形怪状。在一条阴沟里该是最后一坨尚未化释的残雪下,有三两株露头的绿色,淡淡的绿,嫩嫩的黄,那是茵陈,长高了就是蒿草,或卑称臭蒿子。嫩黄淡绿的茵陈,不在乎那坨既残又脏经年未化的雪,宣示了春天的气象。

桃花开了，原坡上和河川里，这儿那儿浮起一片一片粉红的似乎流动的云。杏花接着开了，那儿这儿又变幻出似走似住的粉白的云。泡桐花开了，无论大村小庄都被骤然暴出的紫红的花帐笼罩起来了。洋槐花开的时候，首先闻到的是一种令人总也忍不住深呼吸的香味，然后惊异庄前屋后和坡坎上已经敷了一层白雪似的脂粉。小麦扬花时节，原坡和河川铺天盖地的青葱葱的麦子，把来自土地最诱人的香味，释放到整个乡村的田野和村庄，灌进庄稼院的围墙和窗户。椿树的花儿在庞大的树冠和浓密的枝叶里，只能看到绣成一团一串的粉黄，毫不起眼，几乎没有任何观赏价值，然而香味却令人久久难以忘怀。中国槐大约是乡村树族中最晚开花的一家，时令已进入伏天，燥热难耐的热浪里，闻一缕中国槐花的香气，顿然会使焦躁的心绪沉静下来。从农历二月二龙抬头迎春花开伊始，直到大雪漫地，村庄、原坡和河川里的花儿便接连开放，各种奇异的香味便一波迭过一波。且不说那些红的黄的白的紫的各色野草和野花，以及秋来整个原坡都覆盖着的金黄灿亮的野菊。

五月是最好的时月，这当然是指景致。整个河川和原坡都被麦子的深绿装扮起来，几乎看不到巴掌大一块裸露的土地。一夜之间，那令人沉迷的绿野变成满眼金黄，如同一只魔掌在翻手之瞬间创造出来神奇。一年里最红火最繁忙的麦收开始了，把从去年秋末以来的缓慢悠闲的乡村节奏骤然改变了。红苕是秋收的最后一料庄稼，通常是待头一场浓霜降至，苕叶变黑之后才开挖。湿漉漉的新鲜泥土的垄畦里，排列着一行行刚刚出土的红艳艳的红苕，常常使我的心发生悸动。被文人们称为弱柳的叶子，居然在这河川里最后卸下盛装，居然是最耐得霜冷的树。柳叶由绿变青，由青渐变浅黄，直到几番浓霜击打，通身变成灿灿金黄，张扬在河堤上河湾里，或一片或一株，令人钦佩生命的顽强和生命的尊严。小雪从灰蒙蒙的天空飘下来时，我在乡间感觉不到严冬的来临，却体味到一缕圣洁的温柔，本能地仰起脸来，让雪片在脸颊上在鼻梁上在眼窝里飘落、融化，周围是雾霭迷茫的素净的田野。

直到某一日大雪降至，原坡和河川都变成一抹银白的时候，我抑制不住某种神秘的诱惑，在黎明的浅淡光色里走出门去，在连一只兽蹄鸟爪的痕迹也难觅踪的雪野里，踏出一行脚印，听脚下的雪发出"铮铮铮"的脆响。

我常常在上述这些情景里，由衷地咏叹，我原下的乡村。

四

漫长的夏天。

夜幕迟迟降下来。我在小院里支开躺椅，一杯茶或一瓶啤酒，自然不可或缺一支烟。夜里依然有不泯的天光，也许是繁密的星星散发的。白鹿原刀裁一样的平顶的轮廓，恰如一张简洁到只有深墨和淡墨的木刻画。我索性关掉屋子里所有的电灯，感受天光和地脉的亲和，偶尔可以看到一缕鬼火飘飘忽忽掠过。

有细月或圆月的夜晚，那景象就迷人了。我坐在躺椅上，看圆圆的月亮浮到东原头上，然后渐渐升高，平静地一步一步向我面前移来，幻如一个轻摇莲步的仙女，再一步一步向原坡的西部挪步，直到消失在西边的屋脊背后。

某个晚上，瞅着月色下迷迷蒙蒙的原坡，我却替两千年前的刘邦操起闲心来。他从鸿门宴上脱身以后，是抄哪条捷径便道逃回我眼前这个原上的营垒的？"沛公军灞上"。灞上即指灞陵原。汉文帝就葬在白鹿原北坡坡畔，距我的村子不过十六七里路。文帝陵史称灞陵，分明是依着灞水而命名。这个地处长安东郊自周代就以白鹿得名的原，渐渐被"灞陵原"、"灞陵"、"灞上"取代了。刘邦驻军在这个原上，遥遥相对灞水北岸面山脚下的鸿门，我的祖居的小村庄恰在当间。也许从那个千钧一发命悬一线的宴会逃跑出来，在风高月黑的那个恐怖之夜，刘邦慌不择路翻过骊山涉过灞河，从我的村头某家的猪圈旁爬上原坡直到原顶，才嘘出一口气来。无论这逃跑如何狼狈，并不影响他后来打造汉家天下。

大唐诗人王昌龄，原为西安城里人，出道前隐居白鹿原上滋阳村，亦称芷阳村。下原到灞河钓鱼，提镰在菜畦里割韭菜，与来访的文朋诗友饮酒赋诗，多以此原和原下的灞水为叙事抒情的背景。我曾查阅资料企图求证滋阳村村址，毫无踪影。

我在读到一本《历代诗人咏灞桥》的诗集时，大为惊讶，除了人皆共知的"年年柳色，灞陵伤别"所指的灞桥，灞河这条水，白鹿（或灞陵）这道原，竟有数以百计的诗圣诗王诗魁都留了绝唱和独唱。

宠辱忧欢不到情，
任他朝市自营营。
独寻秋景城东去，
白鹿原头信马行。

这是白居易的一首七绝。是诸多以此原和原下的灞水为题的诗作中的一首。是最坦率的一首，也是最通俗易记的一首。一目了然可知白诗人在长安官场被蝇营狗苟的龌龊惹烦了,闹得腻了,倒胃口了,想呕吐了,却终于说不出口呕不出喉,或许是不屑于说或吐,干脆骑马到白鹿原头逛去。

还有什么龌龊能淹没脏污这个以白鹿命名的原呢,断定不会有。我在这原下的祖屋生活了两年。自己烧水沏茶。把夫人在城里擀好切碎的面条煮熟。夏日一把躺椅冬天一抱火炉。傍晚到灞河沙滩或原坡草地去散步。一觉睡到自来醒。当然,每有一个短篇小说或一篇散文写成,那种愉悦,相信比白居易纵马原上的心境差不了多少。正是原下这两年的日子,是近八年以来写作字数最多的年份,且不说优劣。

我愈加固执一点,在原下进入写作,便进入我生命运动的最佳气场。

回家折枣

在巷子的水果摊上看到红枣摆上来，自然想到又到枣月了，也自然想到该回家折枣了。妻子肯定也知道了枣子开始上市，催促我说，抽空回家折枣。在关中乡村，一般不说"摘"字，凡用"摘"字的地方，大多数时候用"折"，譬如折豆荚，折桑叶，折棉花等，摘一切水果都说折。

"在我的后园，可以看见墙外有两株树，一株是枣树，还有一株也是枣树。"这是鲁迅《秋夜》开篇的绝句。我已记不得什么年纪读的，却记得是一遍成诵，自此便把一缕无尽的意味绵延到现在，也把一种文字的魅力绵延到现在。在我的前院中院和后院，栽了七八种树，有南方和北方的两种白玉兰，粉红色的紫薇，黄色的蜡梅，紫荆花树有红白两株，石榴树，火晶柿子树，还有三株枣树，都是我十余年间先后栽植的。几种花树依着各自的习性在不同季节开花，柿树和枣树也都挂果。每当花开或果熟时月，得空回到原下老屋小院，或尝花闻香，或攀枝折果，都是一种难以表达的清爽和愉悦。今天又要回家折枣了。虽然都是面对自家院子里的枣树，我已很难体验鲁迅先生在"风雨如磐"的"秋夜"里的那种忧思的情境了。

正是秋高气爽的好季节。树依旧很绿。天空是少见的澄澈和透碧。可以看到远方影影绰绰起伏着的秦岭的轮廓。左手的北岭和右手的南原沉静地摆列在两边，清晰透彻，不时现出掩蔽在村树里的一角红瓦屋脊或一方净白的檐墙。路两边的樱桃园里显示着收获过的败落和冷寂。这条在我生活历程中走得最多也最熟悉的回家的土路，却从来都不曾发生熟悉里的厌倦，视力触摸到任何一个角落，都会在昨天的记忆里泛出新鲜的差异性意味来。夏收后泛着白光的麦茬地，采摘樱桃时不慎攀折断了的枝条，从路边野草丛中突然蹿飞的野鸡，都会把我在城市楼房里的所有思绪排解到一丝不剩，还有乡野的风对城市的污染空气的排除与置换。

进得我原下的村子，再踏进村子里我祖居的院子，先来到柿树下。缀满枝头的柿子，深绿渐变为浅绿，尚不到成熟的时月，似乎比往年结得稀了。穿过前屋到了中院，扑面而来就是满树的枣子了。今年的枣子结得不少了，细软的枝条不堪负重，一条一条垂吊下来，像母亲过去挂在明柱上的蒜辫儿。且不说品尝吧，单是看见这缀满枝条的枣子，就令当初栽树的我有一种实现期待收获果实的无以名状的舒悦和幸福了。枣子已从绿色蜕变出鲜亮的乳白，果皮上有一坨一丝紫红色，尚未熟透到通体变成红色，完全可以折来品尝了。这种枣子比红透的枣子更脆更甜更有水津味儿。东墙根下一株，西墙根下两株，都把蒜瓣似的枣子展现在我的眼前，一派来自土地结晶而成的鲜活，一派无遮无喧亦无言的丰盛，真是让种植它的我感受体验到无与伦比的欢欣了。亲友已搬来梯子。我听到一声吃枣子的咔嚓的脆响，还有对枣子美味的欢叫声。

　　大约七八年前，我在早春的时候回家，路过一个业已城市化了的乡村，正逢着传统的庙会，顺便到会场去溜达，那到处都摆着乡村人生产和生活的用品，庙会已无庙无神可敬，纯粹变成商品交易市场了。到处都摆着树苗，北方乡村适宜种植的柴树果树和花树秧子成捆成捆堆放在路边，我总是忍不住在那些有树秧的摊儿前驻足停步，总是在抚摸那些树秧嫩秆的时候忍不住心动，绝不弱于面对稿纸拔开笔帽时的冲动和激情。也许是自小跟着喜欢栽树的父亲受到的影响，也许是应了一个乡村"半迷儿"卦人给我算就的木命，我确凿爱栽树。和我一起溜达的妻子更喜欢那些民间编织的生活用品,装馍用的竹篮和装筷子的箸笼儿,还有装提水果的竹编长条笼。她不时拽我并提醒我,不要再买任何树苗了,屋前院内再找不到栽树的空地了。其实我心里也明白,能容得我栽树的地皮,只有老家庄前屋后和小院里那几分庄基地了,早被我栽得满满当当的了。不经意间,碰见一位老相识,他也曾弄过文学,却仍然在乡间种地,还在业余写着剧本。我看见他就有说不出口的话,城里有十余家专业剧团,或排场或别致的舞台整年都晾着,一年也敲响不了几回梆子锣钹,你把剧本写给鬼演呀!他的架子车厢里放着一捆打开的枣树秧子,是他培育的一种新品种,比普通枣子个儿大,口感更脆更甜,名曰梨枣,却与梨不相干。他卖得很好,满满一车只剩下半捆了。他一边给我说他正在写作的剧本,一边往我手里塞枣树秧子。他知道我乡下有屋院。再三谢辞不掉,我便拿了三株梨枣回家,下决心把中院一株老品种的樱桃和一株太泼也太占地盘的花树挖掉,给这三株枣树腾出空位。令人惊诧的是,这枣树一年就长到齐墙头高了。直到这枣树秧委实出脱成茁壮的枣树,而且挂了果,赠我枣树的朋友打电话说,他的剧本早已写完,请几位高手名家看过,都在说写得不错的同时,也都说着遗憾。不是剧本能不能排,而是专业剧团根本就不排戏演戏。他问我能不能帮忙想点办法。我不仅没有办法可支,连安慰他的话都说不出口。

到新世纪到来时，我终于下决心回到乡下久别的老宅新屋住下了。枣树是我的院子里最晚发芽的树。当那嫩芽在日出日落的日子里蓬勃出鲜绿的叶子，我发现了短短的叶柄根下的花蕾，不过小米粒大小，绣成一堆。我在那个早晨的心情顿然变得出奇的好。每天早晨起来，我都忍不住到枣树下站一会儿，看那小米粒似的花蕾的动静。直到有一天早晨，我刚走到屋檐下，便闻到一缕奇异的香气儿，凭直觉就判断出枣花开了。小米粒似的花苞绽放开来的花儿自然不起眼，比小米的黄色浅些，接近于白色，香味却很浓郁，枝条上稀稀拉拉的枣花，却使整个小院都弥漫着清香。蜜蜂先我绕着枣树飞舞了。枣花蜜是蜂蜜中的上品。

眼看着那枯萎的枣花里挣出一只枣子来，恰如刚落生的婴儿，似乎可以听到那进入天地之间的啼哭。小米粒大的枣子，似乎一夜或两夜之间就长到扁豆粒大了，豌豆粒大了，花生粒大了，最后就定格在乒乓球那般大小了，个别枣子竟然有柴鸡蛋的个头。在桌子前在椅子上坐得久了，无论读着什么或写着什么，走出屋子走到枣树下，看着隐蔽在枝杈叶丛里的青枣，那正在你眼皮下丰满和长大的果实，一种蓬勃的生命的活力便向人洋溢着。枣子青绿的颜色，在我日复一日的注视下，渐渐淡了，泛出乳白色了，又浮出一丝一坨的紫红，它成熟了。我折下最先显出红色的一颗，咬了一口，便确信是我有生以来吃到的最好一颗枣子了。这枣子皮薄肉细，又脆，满口竟有一股蜂蜜味儿。我便不忍心再吃第二颗，留给家人品尝，也留给那些从城里跑到乡下来找我的朋友享一回口福，让他们知道还有这样好吃的枣子。我给他们宣布政策，每人只能品尝一颗。无论年轻朋友，还是德高望重的老教授，都是咬下一口便禁不住声地赞叹起来。我便相信我的口感不粘连栽种者的偏爱因素，也毫不动摇地拒绝要吃第二颗的申求——总共大约只结了六七十颗，该当让更多的远道来客添一分情趣……后来几年的枣子，结得多了繁了，味道却大不如头一年。今年是前所未有的丰年，味道更差了，有点干巴。我心知肚明，肯定是干旱造成的。没有办法，我住了两年又离开原下的院子，一年回不来几回，枣子在每年伏天的旱季能保存不落，已属幸事了。

我已经不太在意枣子的多少和品味的差别了。我只寻找折枣的过程。常常庆幸得意我尚有一坨可以栽植枣树的院子，以及折枣折柿子的机会。这心理往往是瞅见城里人悬在空中阳台上盆栽的花草而生发的。他们已无可以栽一株树或一窝花的土地，只能栽在盆里悬在楼房的阳台上。我在被晒得烫烧脚心的水泥路和被油气污染的空气里憋得透不过气时，得空逃回乡下的屋院，拔除院子疯长的草，为柴树花树和果树浇一桶水，在树阴里在屋檐下喝一瓶啤酒，与乡党说几句家长里短的话。尤其是回来折一回枣儿,心里顿然就静泊下来了。

今年回了家,折了一回枣。

明年还回家折枣。

父亲的树

又有两个多月没有回原下的老家了。离城不过五十里的路程，不足一小时的行车时间，想回一趟家，往往要超过月里四十的时日，想来也为自己都记不清的烦乱事而丧气。终于有了回家的机会，也有了回家的轻松，更兼着昨夜一阵小雨，把燥热浮尘洗净，也把心头的腻洗去。

进门放下挎包，先蹲到院子拔草。这是我近年间每次回到原下老家必修的功课，或者说，是每次回家事由里不可或缺的一条。春天夏天拔除院子里的杂草，给自栽的枣树柿树和花草浇水；秋末扫落叶，冬天铲除积雪，每一回都弄得满身汗水灰尘，手染满草的绿汁。温习少年时期割草以及后来从事农活儿的感受，常常获得一种单纯和坦然，甚至连肢体的困倦都是另一番滋味的舒悦。

前院的草已铺盖了砖地，无疑都是从砖缝里冒出来的。

两月前回家已拔得干干净净，现在又罩满了，有叶子宽大的草，有秆子颇高的草，有顺地扯蔓的草，吓得孙子旦旦不敢下脚，只怕有蛇。他生在城里，至今尚未见过在乡村土地上爬行的蛇，只是在电视上看过。他已经吓得这个样子，却不断问我打过蛇没有，被蛇咬过没有。乡村里比他小的孩子，恐怕没有谁没见过蛇的，更不会有这样可笑的问题。我的哥哥进门来，也顺势蹲下拔草，和我间间断断说着家里无关紧要的话。我们兄弟向来就是这样，见面没有夸张的语言行为，也没有亲热的动作，平平淡淡里甚至会让生人产生其他猜想，其实大半生里连一句伤害的话从来都没有说过，更谈不到脸红脖子粗的事了。世间兄弟姊妹有种种相处的方式，我们却是于不自觉里形成这种习惯性的状态。说话间不觉拔完了草，堆起偌大一堆，我用竹笼纳了五笼，倒在门前的场塄下，之后便坐在雨篷下说闲话，懒得烧水，幸好还有几瓶啤酒，当着茶饮，想到什么人什么事，有一搭没一搭地聊着。还有一位村子里的兄弟，也在一起喝着，扯头闲话。从雨篷下透过围墙上方往外望去，大门外场塄上的椿树直撑到天空。记不清谁先说到这棵树，是说这椿树当属村子里现存的少数几棵最大的树，却引发了我的记忆，当即脱口而出，这是咱伯栽的树。这话既是对哥说的，也是对那位弟说的。按当地习俗，兄弟多的家族，同一辈分的老大，被下辈的儿女称伯，老二被称爸，老三老四等被称大。有的同一门族的人丁超常兴旺，竟有大伯二伯三伯大爸二爸三爸和大二大三大到八大的排列。这里的乡俗很不一般，对长辈的称呼只有一个字，伯、爸、大、叔、妈、娘、姨、舅、爷等，绝对没有伯伯、爸爸、大大、妈妈、娘娘、姨姨、爷爷、舅舅等的重复啰嗦……我至今也仍然按家乡习惯称父亲为伯。父亲在他那一辈本门三兄弟里为老大，我和同辈兄弟姐妹都叫一个字：伯。如此说来，这文章的标题该当是：伯的树。

我便说起这棵椿树的由来。大约是"三年困难时期"最困难的1960年或是1961年，我正上高中，周日回到家，父亲在生产队出早工回来，肩上扛着镢头，手里攥着一株小树苗。我在门口看见，搭眼就认出是一株椿树苗子。坡地里这种野生的椿树苗子到处都有。椿树结的荚角随风飘落，在有水分的土壤里萌芽生根，一年就可以长成半人高的树秧子。这种树秧如长在梯田塄坎的草丛中，又有幸不被砍去当柴烧，就可能长成一棵大椿树；如若生长在坡地梯田里，肯定会被连根挖除晒干当作好柴火，怕其占地影响麦子生长。父亲手里攥着的这根椿树苗子是一个幸运者，它遇到父亲，不是被扔在门前的场地上晒干了当柴烧，而是要郑重地栽植，正经当作一棵望其成材的树了，进入郑重的保护禁区了；也自这一刻起，它虽是普通不过平凡不过的一种树，却已经有主了，就是父亲。父亲给我吩咐，你去担水。他说着就在我家门前的场塄边上挖坑。树只是个秧儿，无需大坑，三镢头两铁锨就已告成，我也就没有替父亲动手，而是按他的指令去担水。那时候我们村里吃的是泉水，从村子背后的白鹿原北坡的东沟流下来，清凌凌的，干净无染。泉水在村子最东头，我家在村子顶西边，我挑一回水，最快也需半小时。待我挑水回来，父亲早已挖好坑儿，坐在场塄边儿上抽旱烟。他把树苗置入一个在我看来过大的土坑里。我用铁锨铲土填进坑里，他把虚土踩踏一遍，让我再填，他再踩踏。他教我在土坑外沿围一圈高出地面的土梁，再倒进水去。我遵嘱一一做好，看着土坑里的水一层一层低下去，渗入新填的新鲜土坑里，树苗成活肯定毫无一丝疑义。父亲又指示我，用酸枣刺棵子顺着那个小坑围成一圈栽起来，再用铁丝围拢固定，恰如篱笆，保护小椿树秧子，防止猪拱牛踩羊啃娃娃掐折。我从场边的柴堆上挑选出一根一根较高的业已晒干的酸枣棵子（这是父亲平时挖坡顺手捡回来的），做着这项防护措施。父亲坐在地上抽烟，看着我做。我却想到，现在属于父亲领地的，除了住房的庄基，就是这块附属于庄基地门前的这一小片场地了，充其量有二厘地。下了这个场塄，就是统归集体的土地了。父亲要在他可以自主掌控的二厘场地上，栽种一棵椿树。

我对父亲的一个尤为突出的记忆，就是他一生爱栽树。他是个农民，种玉米种麦子务弄棉花是他的本职主业自不必说，而业余爱好就是栽树。我家在河川的几块水地，地头的水渠沿上都长着一排小叶杨树。水渠里大半年都流淌着从灞河里引来的自流水，杨树柳树得了沃土好水的滋养，迎着风如手提般长粗长高。随意从杨树或柳树上折一根枝条，插到渠沿的湿泥里，当年就长得冒过人头了，正如民间说的"三年一根椽，五年长成檩"的速度。20世纪50年代中期以前，我的父亲就指靠着他在地头渠沿培植的这些杨树，供给先后考上高小、初中的哥和我的学杂费用。那时在小学高年级，我是住宿搭灶的学生。父亲把杨树齐根斫下来，卖了椽子，七八毛钱一根，再把树根刨出来，剁成小块，晒干，用两只大老笼装了，挑过灞河，到对岸的油坊镇上去卖，每百斤可卖一块至一块两毛钱。我至死都不会忘记50年代中期的这两项货物——椽子和木柴的市场价格。无需解释原因，它关涉我能否在高小和初中的课堂上继续坐下去。父亲在斫了树干刨了树根的渠沿上，当即就会移栽或插下新的杨树秧或树枝，期待三年后再斫下一根椽子卖钱。父亲卖椽卖柴供两个儿子念书的举动无意间传开，竟成为影响范围很宽的事。直到现在，我偶尔遇到一些同里乡党，他们还要感叹几句我父亲当年的这种劳动,甚至说"你伯总算没有白卖树卖柴"的话。不久,农村实行合作化,土地归集体,父亲也无树根可刨了。我就是在那一年休了学,初中刚念了一个学期。不过,我那时并不以为休学有多么严重,不过晚一年毕业而已,比起班上有些结婚和得了儿女的同学,我是年龄最小的一个。这是新中国成立后才获得念书机会的乡村学生的真实情况,结婚和生孩子做父母的初一学生每个班都有几个,不足为奇。

我在每个夏天的周日从学校回到家中,便要给父亲的那棵椿树秧子浇一桶水。这树秧长得很好,新发出的嫩枝竟然比原来的杆子还粗,肯定是水肥充足的缘由。某一个周六下午我回家走到门口,一眼望见椿树苗新冒出的嫩枝折断了头,不禁一惊,有一种心疼的惋惜,猜想是被谁撞折了,或被哪个孩子掐折了。晚上父亲收工回来吃晚饭时,说是一个七八岁的骚娃(调皮捣蛋的娃)用弹弓折断的。父亲说,娃嘛!就是个骚娃喀,用弹弓耍哩瞄准哩,也不好说他啥。后来就在断折处,从东西两边发出两枝新芽来,渐渐长起来。我曾建议父亲,小树不该过早分枝,应该去掉一枝,留下一枝才能长高长直。父亲说,先不急,都让长着,万一哪个骚娃再折掉一枝,还有一枝。父亲给骚娃们留下了再破坏的余地,我就不仅仅是听从了,还有某点感动。再说这椿树秧子刚冒出来便遭拦头折断的打击，似乎憋了气，硬是非要长出一番模样来，从侧旁发出的两根新芽更见茁壮，眼见着拔高，竞相比赛一般生机勃勃。父亲怕那细杆负载不起茂盛的叶子，一旦刮风就可能折断，便给树干捆绑一根立竿，帮扶着它撑立不倒不折。这椿树便站立住了。无意间几年过去，我高考名落孙山回乡当了民办教师，为生活为前程多所波折，似乎也不太在意它了，这椿树已长得小碗粗了。小碗粗的椿树已经在天空展开枝杈和伞状的树冠，却仍然是两根分枝，父亲竟没有除掉任何一根，他说越长越不忍心砍那多余的一根分枝了，就任其自由生长。这椿树得了父亲的宽容和心软，双枝分杈的形态就保持下来，直到现在都合抱不拢的大树，依然是对称平衡的双枝撑立在天空，成为一道风景，甚至成为一种标志。有找我的人向村人问路，最明了的回答就是，门口场塄有一棵双杈椿树。

到 80 年代初始，生活已发生巨大转机，吃饱穿暖已不再成为一个问题。好光景到来时，我已筹备拆掉老朽不堪的旧房换盖新房了，不料父亲患了绝症。他似乎在交代后事，对我说，场塄上那棵椿树，可以伐倒做门窗料。我知道椿树性硬却也质脆，不宜做檩当梁，做门窗或桌椅却是上好木材。父亲感慨地说，我栽了一辈子树，一根椽子都没给自家房子用过，都卖给旁人盖房子了，把这椿树伐下来，给咱的新房用上一回。我听了竟说不出话,喉头发哽。缓解一阵后,我对父亲说,门窗料我会想办法购买(那时木材属统购物资),让椿树长着。我说不出口的一句话是,父亲留给我的活物,就只剩下这一棵椿树了。不久,父亲去世了,椿树依然蓬勃在门外的场塄上。80年代初,我随之获得专业写作的机会,索性回到原下老家图得清静,读书写作,还住在遇到阴雨便摆满盆盆罐罐接漏的老屋里,还继续筹备盖房。某一天,有两三个生人到村子里来寻买合适的树,一眼便瞅中了我父亲的这棵椿树,向村人打听树的主人。村人告诉说,那主家自己准备盖房都舍不得伐它,你恐怕也难买到手。买家说可以多掏一些钱,随之找到我,说椿树做家具是好材料,盖房未必好,可以多给一些钱,让我去选购松木这些上好的盖房材料,并说明他们是做家具卖的生意人。我自然谢绝了。这是绝无商议余地的事。我即使再不济,也不能把父亲留给我的最后一棵树砍了。这椿树就一直长着,直到现在。每隔一段时日抽空回到老家,到门口第一眼看到的就是这棵椿树,父亲就站在我的眼前、树下或门口。我便没有任何孤独空虚,没有任何烦恼,没有任何腌臜的事能够把人腻死……

  我和我哥坐在雨篷下聊着这棵椿树的由来。他那时候在青海工作,尚不清楚我帮父亲栽树的过程。他在"大跃进"

的头一年应招到青海去了,高中只学了一年就等不得毕业了,想参加工作挣钱了。

其实,还是父亲在这时候供给着两个中学生,可以想见其艰难。我是依靠着每月八元的助学金在读书,这成为我一生铭记国家恩情的事。"大跃进"很快转变为灾难,青海兴建的厂矿和学校纷纷下马关门,哥和许多陕西青年一样无可选择又回到老家来,生产队新添一个社员。哥听了我的介绍,却纠正我说,这椿树还不是最老的树,父亲栽的最老的要算上场里地角边的皂荚树。那是刚刚解放的50年代初,我们家诸事不顺,我身后的两三个弟妹早夭,有一个刚生下六天得一种"四六风症"死去,有一个妹妹和一个弟弟都长到三四岁了,先后都夭亡了。家养一头黄牛,也在一场畜类流行瘟疫里死了。父亲惶恐中请来一位阴阳先生,看看哪儿出了毛病。那阴阳先生果然神奇,说你家上场祖坟那块地的西北角太空了,空了就聚不住"气",邪气就乘虚而入了。父亲吓得不知如何是好,急问如何应对如何弥补。阴阳先生说,栽一棵皂荚树,并且解释,皂荚树的皂荚可以除污去垢,而且树身上长满一串串又粗又硬的尖刺,更可以当守护坟园的卫士。父亲满心诚服,到半坡的亲戚家挖来一株皂荚树秧子,栽到上场祖坟那块地的西北角上,成活了也长大了,每年都结着迎风撞响的皂角儿。这皂荚树其实弥补得了多少空缺是很难说的，因为后来家里也还出过几次病灾，任谁都不会再和阴阳先生去验证较真了。这儿却留下一棵皂荚树，父亲的树，至今还长着，仍然是一年一树繁密的皂角，却无人摘折了，农民已经不用皂角洗涤衣服，早已用上肥皂洗衣粉了。哥说的父亲的这棵皂荚树，我隐约有印象，不如他清楚，我那时不太在心，也太小。现在，在祖居的宅院里，两个年过花甲的兄弟，坐在雨篷下，不说官场商场，不议谁肥谁瘦，也不涉水涨潮落，却于无意中很自然地说起父亲的两棵树。父亲去世已经整整二十五年，他经手盖的厦屋和他承继的祖宗的老房都因朽木蚀瓦而难以为继，被我拆掉换盖成水泥楼板结构的新房了，只留下他亲手栽的两棵树还生机勃勃，一棵满枝尖锐硬刺儿的皂荚树，守护着祖宗的坟墓陵园；一棵期望成材做门窗的椿树，成为一种心灵感应的象征，撑立在家院门口，也撑立在儿子们心里。

每到农历六月，麦收之后的暑天酷热，这椿树便放出一种令人停留贪吸的清香花味，满枝上都绣集着一团团比米粒稍大的白花儿，招得半天蜜蜂，从清早直到天黑都嗡嗡嘤嘤的一片蜂鸣，把一片祥和轻柔的吟唱撒向村庄，也把清香的花味弥漫到整个村庄的街道和屋院。每年都在有机缘回老家时，闻到椿树花开的清香，陶醉一番，回味一回，温习一回父亲。今年却因这事那事把花期错过了,便想,明年一定要赶在椿树花开的时日回到原下,弥补今年的亏空和缺欠。那是父亲留给这个世界也留给我的椿树,以及花的清香。

与军徽擦肩而过

进入高中最后一个学期,我的心境便进入一种慌乱,说惶惶不可终日也不为过。去向的把握不定,未来职业的艰难选择,前途的光明与黑暗,像一涡没有流向的混浊漩流翻腾搅和在心里,根本无法理出一条清晰的流向。

我只觉得自己整个被那个漩流冲撞翻搅得变轻了。

把书念到高中即将毕业,十二年的读书生活中经历的无法诉说的经济艰难,此时都被即将结束这种艰难的兴奋所淡漠。仅仅在春节前的高三第一学期结束时,心境还是踏实的,还是一种进入最后冲刺的单纯和自信,还没有感觉到这种既无法出手又无法伸脚的惶惶和轻松。仅仅过罢春节,重新坐到自己的桌子前的最后一学期,才发觉一切都乱套了。这是高考前的最后四个月,是万米长跑的最后一百米,容不得任何杂念,只需要单纯,只需要咬紧牙关拼尽最后一丝力气冲过那条终点线闯进大学的校门里去。然而我却乱套了,无法凝神,也难以聚力,陷入一种漩流翻搅的无法判断、无法选择,也无法驾驭自己的艰难之中。造成这种混沌心态的直接因由,竟然全都是与军徽有关的事。

刚刚开学不久,突然传达下来验招飞行员的通知。校长在应届毕业生大会上传达了上级文件,班主任接着就在本班作了动员,然后分小组讨论,均是围绕着国防建设的神圣任务和青年个人的责任为主题的。虽然千篇一律,却是真诚的表白、真实的感动和心甘情愿的迫切。想想吧,驾驶飞机的飞行员,对于任何一个高中毕业生来说,简直是做梦都不敢想的好事,谁还会迟疑或说不呢?从切实的意义上说,所有动员和讨论都是多余的,因为这样的好事美差是争都争不来的。学校领导的用意却在于进行一次普遍的爱国主义教育。其实学校各级领导都知道,这几乎是一个只开花而不会结果的事。因为从本校历史上看,每届高中毕业生都要验招飞行员,结果依旧是零的纪录,从来没有从本校走出一个驾驶飞机保卫领空的学生。然而,仍然满怀热情和忠诚地层层动员,仍然满怀精忠报国的赤诚参加讨论和表白。参加验招的人选是由学校团委具体操办的。出身"地、富、反、坏、右"家庭的学生是没有任何希望可寄的，亲友关系中有海外关系的学生也是没有指望的，家庭和直系旁系亲属中有被杀、被关、被管制过的成员的学生同样过不了政治审查这一关。这是那个绷紧着阶级斗争一根弦的年代里，学生们都已习惯接受的条例，况且，驾驶飞机太了不得了。这样审查下来，一个班能参加身体检查的学生也就是十来个人，除去女生。更进一步也更严格的政治审查还在后头，要视身体检查的结果再定。我是这十余个经政审粗筛通过的幸运者之一，又是被大家普遍看好的几个人中的一个。我那时刚好二十岁，一年到头几乎不吃一粒药，打篮球可以连续赛完两场打满八十分钟，一米七六的个头，肥瘦大体均匀，尤其视力仍然保持在一点五，这在高三年级里是很值得骄傲的。尽管知道飞行员要求严格几乎是千里挑一，尽管知道本校历史上尚未出现过一个幸运儿的严峻事实，然而仍怀着一份侥幸和期望。也许，因为挑选太过严格，对所有被挑选者都是一个未知数，于是所有有资格进行测检的人反而都可以发生侥幸。我的侥幸大约在第四项检查时就轻易地被粉碎了。

"脱掉衣服。"医生说。

"再脱。"医生坐在椅子上，歪过头瞅我一眼又说。

"脱光。"医生又转过脸再次命令。

我赤条条地站在房子中间。尽管医生是位男性，但毕竟是陌生人，也毕竟是紧绷着阶级斗争之弦，也紧绷着道德之弦的60年代，我浑身的不自在，完全处于无助无倚的状态下，总想弯下腰去，不由自主地并拢紧夹住双腿，真想蹲下去。医生却不紧不慢地命令说：两腿叉开，站直了，双手平举。

我就照命令做出站姿。

医生从椅子上站起来，先走到我的背后，我感觉到那双眼睛在挑剔，在我的左肩胛骨下戳了戳，然后再走到我的前面，不看我的脸，却从脖颈一路看下去。

他仍然不看我又走回桌前，坐下，就在那个体检册上写起来。我慌忙穿好衣服，站到他的面前，等待判词。他不紧不慢地说："你不用再检查了。"

飞行员与普通兵身体检查的不同之处就在这里，某一项不合格就终止检查。我问哪儿出了问题。他说，小腿上有一块疤。这块疤不过指甲盖大，小时候碰破感染之后留下的，几乎与周边皮肤无异。我的天哪，飞行员的金身原来连这么一小块疤痕都是不能容忍的。我不甘就此终结那个寄存的希望，便解释说，这个小疤没有任何后遗症。医生说，当高空气压压迫时，就可能冒血。我吓了一跳，完全信服了医家之言，再不敢多舌，便赶回学校去，把演算本重新摊开。尽管失败了，许多同学也和我一样破灭了飞行员之梦，然而学校却实现了验招飞行员的零的突破，一个和我同龄的学生走进了人民解放军航空兵飞行员的队列。这个幸运儿就出在我们班里，我和他同窗整整两年半，而且联手进行班级间的乒乓球赛。他顿时成为全校师生最瞩目的人物。班主任按上级指令已经指示他停止复习功课，以保护身体尤其是眼睛。他的两颗把上唇撑起的虎牙，现在不仅不成为缺憾，倒是平添了亮闪闪的魅力。

我的飞行员之梦破灭了，却无太大挫伤，原本就是碰碰运气的，侥幸心理罢了，而真正心里揣着较大希望的，却是炮兵。按照历届毕业生的惯例，每年都要给军事院校保送一批学生。保送就是免去考试，直奔。政治审查条例虽然和飞行员一样严格，我却并不担心；学习成绩也不是要求拔尖而只需中上水平，我自酌也是不成问题的；身体条件比招普通士兵稍微严格，却远远不及飞行员那么挑剔。比我高一级的学生，保送入军事院校的竟有十余名之多，他们大多数我都认识，有几个还是我的同乡，他们在各个方面的状况我是清楚的，我悄悄地把自己与他们比较。我早在验招飞行员之前就做着这个梦了，许多同学也在做着同一个梦。有人悄悄问过班主任程老师，说还没有开始这项推荐保送军校的工作，但只是迟早的事。做着同一个梦的同学，很自然地就扎到了一堆，私下里悄悄传递着种种有利和不利的消息。而客观的事实是，上一届军校保送学生的工作早已开始了，今年为什么迟迟不见动静？上一届保送军校的十多名同学，大都去了一所炮兵学院，据说炮兵学院院长还是我们灞桥人。传说今年仍然是对口保送，炮兵便成为一个切实的梦想，令人日夜揪着心。真应了俗谚所说的夜长梦多的话，终于等来了令我彻底丧气的消息。

程老师走进教室，匆匆的样子，神色也不好。他说校长刚传达完上边一个指示，国家正处于经济困难时期，今年高校招生的比例大减。他说到这里时，脸色顿时变青发黑了。他似乎怕同学们不能充分理解"大减"的严峻性，几乎用喊的声调警示我们说，大减就是减少的比例很大！大到……很大很大的程度（上级不许说那个比例）……今年考大学……可能比考举人……还难。整个教室里鸦雀无声。我已经不敢再看程老师的脸，也不敢看任何同学的脸，微低了头，眼里什么景物人物都没有了，脑子里一片空白。程老师一只手撑着讲桌，最后又像报丧似的说，军校保送生的任务也取消了。不单陕西，整个北方省份的军校保送生都取消了。本来我们班有几位同学是完全够保送军校条件的。现在……你们得加倍用功学习……

我不知道程老师什么时候走出教室的，走出教室的脚步和脸色是什么样子的。他走了以后，教室里许久都没有人动一动，或说一句话。最早作出反应拉开坐凳离开课堂走出教室的，是学习最差的几位同学，他们大约原本就没有考取高校的信心，这下反倒彻底放松了。我没有任何再去和其他同学交流的意图。程老师已经一竿子扎到人心的底层了，还有什么不明白的需要讨论吗？没有了。而停断军校保送生的决定，更是对我蓄谋已久的一个希望的破灭。我从教室走向操场，进入乱争乱抢的篮球场子。我在走出教室时，突然想起初中课本上《最后一课》里的韩默尔先生。程老师向我们宣布招生大减和军校停止保送生的指示的神态，有点类近韩默尔先生。

后来的结果完全注释了程老师所说的招生比例大减的内容，全校四个毕业班只考取了八名大学生，我们班竟然剃了光头。仅仅比我们早一年的毕业生，录取比例是百分之五十，而高两级的那一届毕业生，大学录取比例达到百分之九十以上。这是1962年。这是新中国短短的历史中史称"三年困难时期"的1962年。这是我对"三年困难时期"最强烈最深刻的记忆，远远超出对于饥饿的印象。许多年后我从捂盖已久而终于公开的资料上看到，因饥饿死亡于"三年困难时期"的人数之众，完全冲淡了我的那点损失，能活下来已属幸运了。

寄托于飞行员和炮兵的幻想彻底破灭了，所有捷径都被堵死，任何选择的机会都没有了，反而没有了选择的游移不定，反而粉碎了也廓清了一切侥幸心理，很快就进入一种别无选择的沉静和单纯。明知那个比例减得"很大很大"，反而激起一种反弹，一种不堪就此完结的垂死挣扎。教室里几乎没有杂音，从早到晚都是安静的，晚自习的灯光彻夜不熄。这个时期的学习大约是我漫长的学生时代最认真最下功夫的一段时日。

有一天，教导处通知我和班里几位同学去开会，传达上级指示，对取消保送军校的决定补发新的决定，说保送军校的工作还要继续，仅只限于"政治保送"，考试照常参加，考生一视同仁。这项被说得颇为神秘的"政治保送"的文件，在我看来，没有任何实质性的含义，因为考试分数才是关键。只要考分上线，能上军校最好，分配到地方院校也不赖，所以我依旧埋头在课桌上做着最后的拼争。

这种近乎垂死的专一心境很快又被扰乱了。本年破例在高中毕业生中征招现役军人。此前的征兵对象只是初中以下的青年，高中毕业生只作为飞行员和军校的挑选对象。道理无须解释，招生任务既然"大大削减"，正好为部队提供了选拔较高文化兵源的机遇，也为高中毕业生增加了一条新的出路。这是1962年"三年困难时期"，作出的任何破例的举措，都是能被接受的。又是校方传达文件。又是团支部、学生会层层动员。又是各班级里的各个学习小组分组讨论。又是人人表态统一认识。连不在征召范围的女生也一样要接受这一整套的动员过程，应召普通士兵的决定，远不及应召飞行员那么众口一词地踊跃。学生中明显地分成两种倾向，那些对高考根本不抱任何侥幸心理的同学，从一听到这个突然发生的意外消息，就表现出一种惊喜，一种不需任何动员说教的坚定，道理也很简单，这是一条提供了新的发展可能的人生之路。班里那些自恃学业优秀的学生陷入了两难之中，既想考入大学，又怕万一落榜，反而连这一条出路也丢掉了。小组讨论中虽然一样表示着"守卫边疆"的决心，眼神和语气中却无法掩饰选择中的两难心态。

我也陷入两难中。我的两难选择不是自恃学业优秀，而是纯属个人的没有普遍意义的小算盘。我在专心做着最后拼命的同时，也做好了落榜之后的准备，仿照柳青深入长安农村深入生活的路子，回到农村自修文学，开始创作。原本确定的这"两手准备"被打乱了，我既想参加高考一试，又怕落榜而丢失了当兵的机会，在当兵与回农村自修文学的两项对比中，农村生活条件最不占优势，甚至连饭也吃不饱。那个时候诱惑农村青年当兵的一个最基本的因素，便是部队上那白花花的米饭和白生生的馒头。我在几经权衡几度反复掂量之后，还是倾向于当兵，在美好的高校和艰苦的农村的三项对照中，只有当兵可能是最把稳的，因为对考取高校的畏怯，因为对农村的艰苦和自修文学的不自信，自然就倾向于当兵一条路了。当兵起码可以填饱肚子，出身农村的孩子自然不会在乎吃苦，又可以穿不用钱买的军装，说不定还可以在部队干上个班长排长什么的。唯一让我心存叽咕的事，就是整晌整天整月的立正和稍息的走步。那种机械那种呆板那种整齐划一的没完没了的训练，我虽说不喜欢，却终究是小事。

我很快倒向那些热心当兵的同学一族了，自然就不能专心一致地演算数理化习题了。有人打听到接兵的军官已经到达地方武装部的消息，我们便迫不及待地追到区政府所在地纺织城，十余里的路不知不觉就到了。那位军官出面接待了我们这一帮年约二十的高中生，很热情，也很客气，又显示着一种胸有成竹的矜持。我是第一次与一位军官如此近距离地对话，他的个头高挑，英武，一种完全不同于地方干部也不同于老师的站姿和风度，令人有一种陌生的敬畏。同学们七嘴八舌询问种种在他看来纯属于 ABC 的问题，他也不烦不躁地做着解答，遇到特别幼稚的问题，他顶多淡淡一笑，作为回答。学生们最关心的问题还是有关身体检验，诸如身高、体重、视力等最表层也最容易被刷下来的项目。有同学突然提到沙眼，说许多人仅就这一项就丧失了保卫祖国的机会，而北方的人十有八九都有不同程度的沙眼，最后直戳戳地问：

究竟怎样的眼睛才算你们满意的眼睛？

军官先作解释，说北方人有沙眼是不奇怪的，关键看严重程度如何，一般有点沙眼并无大碍，到部队治疗一下就好了。究竟什么样的眼睛才是军人满意的眼睛呢？军官把眼光从那位发问的同学脸上移开，在围拢着他的同学之中扫巡，瞅视完前排，又扫巡后排，突然把眼睛盯向我的脸，说：这位同志的眼睛没有问题，有点沙眼也没关系。我在这一瞬间脑子里呈现了空白，被军官和几十位同学一齐看着，看着我的眼睛，我不知所措了。大概从来也没有被人如此近距离地注视过，大概从来也没有人称我为"同志"。我至今清楚记得第一次被称为同志，就发生在这一次。在我缓过神来以后，我才有勇气提出了第一个问题，腿上的一块指甲盖大的疤痕能不能过关？军官笑笑说不要紧。

既然眼睛被军官看好，既然那块疤痕也不再成为大碍，我想我就不会再有麻烦了，这个兵就十拿九稳当上了。礼拜六回到家中，我把这个过程全盘告知父亲和母亲。父亲半天不说话，许久之后才说，即使考不上大学，回家来务农嘛！天下农民也是一层人哩！我便开始说服父亲。最基本的一个道理，如果不念高中，回乡当农民心甘情愿，念过高中再回来吃牛犁地就有点心不甘，部队毕竟还有比农村更多的发展机会……这种父子间的对话，与在学校小组讨论会上的表态，是我的人生中发生过的两面派的最初表现形式。公开的表态是守卫边疆的堂皇,而内心真正焦灼的是个人的人生出路。在我的解说下,父亲稍微松了口,说让他再想想,也和亲戚商量一下。我已经不太重视父亲最后的态度了,因为我已经明确告诉他,已经报过名了。

  周日返回学校之后的第三天,上课时候发现了异常,几位和我一起报名验兵的同学的位子全部空着,便心生猜疑。好容易挨到下课,同学才告知今天体检。我直奔班主任办公室,门上挂着锁子。再问,才知班主任领着同学到医院体检去了。我不知发生了什么事,为什么单独扔下我?我便直奔十几里外的纺织城一家大医院,医生告知说我们班的几位同学已经检验完毕,跟着班主任去逛商场了。我又追到商场,果然找到了班主任,他对我只说一句话,回到学校再说。对于我急促中的种种发问,他不急不躁,却仍然不说底里,只是重复那一句话。我的热汗变成冷汗,双腿发软,口焦舌燥,迷茫不知所向,无论如何也弄不清突然取消了我体检资格的原因,甚至怀疑是否"政审"出了什么麻烦。我不知怎样走回学校的,躺到宿舍就起不了身了,迫在眉睫的高考前紧张地复习功课,于我都无任何刺激了。

  班主任让班长通知我谈话。

  班主任很坦率也很平静地告诉我,我的父亲昨天找过他。

我自然申述我的意愿，不能单听父亲的。班主任反而更诚恳地说，第一次在高中毕业生中征兵，是试验，也是困难时期的非常举措。征兵名额很少，学校的指导思想是让那些有希望考取大学的同学保证高考，把这条出路留给那些高考基本没有多少希望的同学。班主任对我的权衡是尚有一线希望，所以不要去争有限的当兵的名额。最后，班主任有点不屑地笑笑说，人家都争哩，你爸却挡驾，正好。

我便什么话也说不成了。

我又坐到课桌前，重新摊开课本和练习本的时候，似乎真有一种从战场上撤退回来的感觉。我顺理成章地名落孙山了，没有任何再选择的余地，没有人也不需要谁做任何思想工作，回归我的乡村。

我在大学、兵营和乡村三条人生道路中最不想去的这条乡村之路上落脚了，反而把未来人生的一切侥幸心理排除干净了，深知自修文学写作之难，却开始了。一种义无反顾的存储心底的人生理想，标志是一只用墨水瓶改装的煤油灯。

生命之雨

一个年过五十的人，某天傍晚突然警悟，他的生命中最敏感的竟然是雨。

秋日。傍晚。细雨如丝如缕如烟，无穷无尽的前方和已经穷尽的身后都是这种雨丝，飘飘洒洒却无声无息。他沿着家乡的河水在沙滩上走着。一旦有雨或雪降下，他就有一种迎接雨雪的骚动而必须刻不容缓地走向雨雪迷蒙的田野。

他的腋下挟着一把黑色雨伞，除非雨点变得粗疾起来才准备打开。沙滩上的野苇子的茸毛已经飘落，蒿草的绿色无可挽救地变得灰黑而苍老了。他看见河的远处有人在涉水过河，辨不清过河的是男人还是女人，雨雾把雄性和雌性的外部特征模糊起来了。走过滩柳丛生的一道沙梁，一个看去和他年龄相仿的女人伫立在沙地上，看守着七八只羊。女人的右手攥着一根新鲜的柳枝儿，无疑是用来警示她的羊的武器；

她的左腋下挟着一只金黄色的草帽，而让头发也淋着雨。她的生命中也敏感雨而渴盼细雨的浇灌和滋润么？

女人满脸皱纹，皮肤黢黑而粗糙，骨骼粗硬而显示着棱角；她挽着黑色的裤脚，露出小腿如同庄稼汉一样坚硬的筋骨的轮廓。他瞅着她，又瞅着她的羊，瞅过去是七只，倒瞅过来却成了八只；数过了羊又瞅着她。他瞅着数着羊是潜意识的行为，避免死呆呆瞅着她而引起反感。瞅了瞅她又去数羊，这回数过去是八只，再数过来又成了七只。

她却只瞅着她的羊，或者根本就没有瞅羊。她也不瞅他。他想，在她说不清是呆滞或是不屑的眼神里，他不过也是一只羊吧！他便走开了，踏上高踞沙滩的河堤。

母亲说生他的时候正是三伏天。母亲强调说他落地的时辰是三伏天的午时。母亲对他落地后的记忆十分清晰，落地后不过半个时辰全身就潮起了痱子，从头顶到每一根脚指头，都覆盖着一层密密麻麻的热痱子。只有两片嘴唇例外地侥幸，却爆起包谷粒大的燎泡。母亲说整整一个夏天里，他身上的热痱子一茬尚未完全干壳，新的一茬便迫不及待地又冒了出来，褪掉的干皮每天都可以撕下小半碗。母亲说她在月子里就只是替他从头到脚撕揭干壳了的痱子皮……母亲对已经成年了的他遭遇灾难时便说："你落生的时辰太焦燥了。那天能遇着下雨就好了。"

他后来得知,他与父亲同一个属相:马。这根本不用奇怪,家族中两代人和同代人之中同一属相的现象屡见不鲜完全正常。奇异的是,他和父亲同月同日生,而且时辰都是午时。只是没有人说得清,父亲出生时潮没潮起那么厉害的热痱子,父亲出生时是否侥幸遇到了三伏天的雨。

他便猜疑,在他来到这个世界时便领受到的如煎如煮的酷热焦燥,在父亲来说早已领受过了。从而并不以为什么了不起。

关于他的父亲,他想写篇小文章来悼念那位如草芥一样无声无响度过一生又悄然死去的农民,然而终于没有形成文字。原因在于,那个念头刚一产生,如潮的记忆便把他齐头盖脑淹没了。他喘息着又合上了钢笔。父亲是一本书,不是一篇小文章。

现在,他只能说一句话,在这个世界上,他最熟悉最了解的是他的父亲,而最难理解的也是他的父亲。他深深地懊悔,直到父亲离开这个世界时,才发觉自己从来没有太在意过父亲。起初他剖析造成这种懊悔心理的因素,是他既不可能对父亲寄托稍大点儿的依赖,更不可能发现以至研究他有什么伟大和不平凡之处。后来随着生命体验的不断加深,终于有一天警悟过来,便是从来也没有想到过对父亲的心理设防,是一种绝对的心理安全的天然依赖,反倒不太在意了。

父亲死亡的情景永难忘记。一个自身生长的异物堵死了食道,直到连一滴水也不能通过,那具庞大的躯体日渐一日萎缩成一株干枯的死树……

哦!生命中的雨啊!

他一个人坐在家乡的河边,天上洒下旱季里少见的细雨。他刚刚 20 岁,开始了永远的没有限期的暑假,从学校走向社会了。他半是豪勇半是惶惑,怀着宏大的文学梦却又怀疑自己是否具备文学的天赋,自信与自卑五十对五十折磨着他,便有了一种孤自散步的欲望,尤其是在雨雾迷茫之中。这条河不大却闻名于遥远悠久的历史,河有多长,河边的柳林就有多长。骚客文人折柳赠别也抛撒离愁思怨的诗句,成为一代又一代文化人寄托情怀的佳作。他坐在水边,一个琴瑟般的声音不期而至:"大哥哥你饿吗?"他转过头就看见了一只小仙鹤,是的,这个大约不过 10 岁的女孩像河滩草地上偶然降至的仙鹤。他苦笑一下摇摇头。处于整个民族的大饥饿年代,小孩子看世界的眼睛也是饥饿。他笑笑说:"我渴。"河堤上传下来一声笑,他看见那儿站着一位干部,这是一家大企业的党的领导干部,据说是一位出身富贾而又背叛了所在阶级的老革命,革命胜利了他已成为企业领导,却依然需要下放乡村锻炼改造……他很忠诚,不仅自己老老实实在农民中间生活,而且还利用暑假把小女儿也领到这炼狱里来改造了。

几十年后,在一次全国性的文学集会上,有一位中年女人向他走来:

"你现在是饿还是渴?"

"还是渴。"

"还是渴?"

"是渴……生命之雨。"

她说她后来随父亲到北方一个城市,又转过四五个城市。她现在在一家报纸主持着一个《婚姻与家庭》的专栏。她在年轻男女中名声显赫,几乎家喻户晓,当然是她坦率而又真诚地解答过来自全国各地青年男女关于爱的困惑,并因此而很自信:"你比我写的书多,我比你写的信多;你只是在文学圈子里有名声,而我却在青年人心中是知音。"她的佐证是多年来收到和回复青年人的书信数以万计。她说她读过他的全部作品,当然不是因为作品好不好,亦不是要研究他的创作,主要是因为在他未成名之前她见过他一面,那时她不足10岁。她说:"我至少给青年朋友写过20000多封信,而你的小说最多发行5000册。"

他很尴尬,随之反诘:"我也来请你解答一个过去的问题,有一对年轻夫妇在'文化大革命'中分属对立的两派组织,妻子向自己一派的造反队司令报告了丈夫的行踪,丈夫被抓去打断了一条腿。这位现在走路还颠着跛着的丈夫仍然和那位告密的妻子生活在一起。他向你写过信没有？如果他有一天写信给你要求解释困惑，你怎么回答他？"她张了张口却摇摇头笑了，竟是一副不屑回答的神气。

半年以后，他接到她从千里之外的城市打来的长途电话，说她今天收到一封信，信中所表述的精神痛苦使她陷入深沉的无言以对的心境之中，那人的遭遇与他所说的"文化大革命"夫妇的故事大同小异，关键在于他们的故事一直延续到今天而且还有发展，类似于被打断腿的这个跛子丈夫，居然投靠那个抓他施刑的造反队头儿的门庭挣钱去了。造反队头儿受过几年冷落之后，现在是一位腰里别着大哥大的公司老板了……现在反倒是类似于那个告密妻子的妻子陷入痛苦境地，据说是丈夫现在跟着那个不计前嫌的老板北上南下东闯西骗，出入星级宾馆酒楼歌舞厅，既卡拉OK又桑拿浴……她在电话中向他复述了这个故事，情绪很沉静，似乎没有了她写过两万余封回信的那种自信与得意，很真诚地说："上次你讲的那对'文化大革命'夫妇的故事我没有回答，我觉得那是你们上一代人的故事和困惑；你们上一代人所处的那个时代是一个不正常的时代，用今天正常人的思维是无法理解也无法解释的，因为他和她都是不正常生活里的不正常的人所演绎的不正常故事。现在，当他和她在今天正常的社会里继续演绎不正常的故事时,我竟然第一次感觉到我的肤浅,无法回答那个类似告密妻子的新的苦恼……"他反而宽厚地安慰她说:"是的,你不可能解除所有痛苦着的心灵痛苦,也不可能拯救所有沉沦的灵魂。"她说:"我总得给她回信呀!情急之下,我用了你的一句话回复了她,就是'生命之雨'。"

他说:"这话太……"

她说:"我就想起你的这句话……恰当不恰当都不管了,上帝!"

纤纤细雨依然。依然是如丝如缕如烟。依然是飘飘洒洒无声无响。他已经走到这一段河堤的尽头,河堤朝南拐弯伸展过去,顶头和南岸的山崖接住了。那一段河堤从山崖下开始延伸到雨雾迷茫的无穷无尽的上游。人生其实也类似这河堤,分作一段一段的,这一段到头了,下段又从这儿开始,一直延伸成为一个生命的河流。河堤拐弯的内堤里,就圈住了好大一片滩地。滩地里有一幢孤零零的土坯房,房子的南墙和西墙上苫着一层长长的稻草,那是防止西风和南边的下山风卷来的骤雨对泥皮土坯的冲刷的,就像一位插秧的农夫身披的蓑衣。房前有一片偌大的打谷场,场角靠近房子的地方有一个黄色的麦秸垛。他猜测这是一个土地承包经营者仓促建筑的房子,从那简陋的建筑判断,主人完全是出于一种临时的考虑,不愿投注更多的钱财给这幢远离村庄的建筑。

一个男人吆喝着拉犁的牛在翻耕打谷场。打谷场已完成了夏季打麦秋季打谷的用场，现在翻耕以恢复土地的疏松和绵软，然后撒下早熟的青稞或者油菜籽，赶明年收割小麦之前先收获了青稞或油菜，再把这块土地碾压瓷实作打谷场。男人悠悠地吆喝着牛扶着犁，没有戴草帽，一任细雨淋着。一个女人站在麦秸垛下撕扯麦草，扯下一把便弯下腰放到一只大竹条笼里，动作也是悠悠的不急不忙的样子。只是那一件红色的衣衫像一簇火焰在迷茫的河滩上闪耀。

一男一女一低一高两个小孩在场地上追逐，他们从土屋里奔出来时就是互相追逐着的，大约是男孩抢走了霸占了女孩的吃食或玩具，争执便发生了。女孩追着男孩显然力不从心，在滑溜的打谷场上摔倒了，顺势在场地上打滚而且号啕起来。那女人扔下柴禾笼飞跑过去，在滑溜的打麦场上跑起来闪动着两只胳膊，像是一种舞蹈。她没有扶起倒地打滚的女孩，一直冲到男孩跟前，一巴掌抽过去就把男孩打翻在地了。她随后转身走过来抱起女孩，另一只胳膊挎上柴禾笼走进土屋里去了。

他竟然大声喊起来，愚蠢你愚蠢！你是个愚蠢的妈妈！

男人喝住牛插住犁，慢腾腾走过去抱起男孩，也走进那间土屋里去了。

一头在套的牛站在打麦场上甩着尾巴。

土屋房顶的烟囱有灰色的烟冒出来。

他依然站在河堤上。几十年后,那个扯柴禾打男孩抱女孩的愚蠢的女人肯定就变成那个放牧着七八只羊的粗硬的老女人了吧?那个受宠的女孩会不会成长为如那个写过20000多封信的专栏主持人?

那土屋里爆起激烈的吵闹声,浑厚的男声和尖锐的女声。肯定那是关于应不应该打倒男孩的争执。他忽然想到她,如果把这幢远离人群的河滩土屋里的争论提到她的专栏上,她还会用他的"生命之雨"这话来解释给这一对乡野夫妻吗?

我的第一次投稿

背着一周的粗粮馍馍，我从乡下跑到几十里远的城里去念书，一日三餐都是开水泡馍，不见油星儿，最奢侈的时候是买一点杂拌咸菜；穿衣自然更无从讲究了，从夏到冬，单棉衣裤以及鞋袜，全部出自母亲的双手，唯有冬天防寒的一顶单帽，是出自现代化纺织机械的棉布制品。在乡村读小学的时候，似乎于此并没有什么不大好的感觉，现在面对穿着艳丽、别致的城市学生，我无法不"顾影自卑"。说实话，由此引起的心理压抑，甚至比难以下咽的粗粮以及单薄的棉衣抵御不住的寒冷更使我难以忍受。

在这种处处使人感到困窘的生活里，我却喜欢上了文学。而喜欢文学，在一般同学的眼里，往往是被看作极浪漫的人的极富浪漫色彩的事。

新来了一位语文老师,姓车,刚刚从师范学院毕业。第一次作文课,他让我们自拟题目,想写什么就写什么。这是我以前从未遇到过的新鲜事。我喜欢文学,却讨厌作文。诸如《我的家庭》《寒假(或暑假)里有意义的一件事》这类题目,从小学作到中学,我是越作越烦了,越作越找不出"有意义的事"了。新来的车老师让我们想写什么就写什么,我有兴趣了,来劲了,就把过去写在小本上的两首诗翻出来,修改一番,抄到作文本上。我第一次感受到了作文的乐趣,而不再是活受罪。

我萌生了企盼,企盼尽快发回作文本来,我自以为那两首诗是杰出的,会震一下的。我的作文从来没有受过老师的表扬,更没有被当作范文在全班宣读的机会。我企盼有这样的一次机会,而且感到机会正朝我走来。

车老师抱着厚厚一摞作文本走上讲台,我的心无端地慌跳起来。然而45分钟过去,要宣读的范文都宣读过了,甚至连某个同学作文里一两句生动的句子也被摘引出来表扬了,那些令人发笑的错句病句以及因为一个错别字致使语句含义全变的笑料也被点出来了,可终究没有提及我的那两首诗,我的心里寂寒起来。离下课只剩下几分钟时,作文本发到我的手中。我迫不及待地翻看了车老师用红墨水写下的评语,倒有不少好话，而末尾却悬下一句："以后要自己独立写作。"

我愈想愈觉得不是味儿，愈不是味儿愈不能忍受。况且，车老师没有给我的作文打分！我觉得受了屈辱。我拒绝了同桌以及其他同学交换作文的请求。好容易挨到下课，我拿着作文本赶到车老师的办公室，喊了一声："报告！"

获准进入后，我看见车老师正在木架上的脸盆里洗手。他偏过头问："什么事？"

我扬起作文本："我想问问，你给我的评语是什么意思？"

车老师扔下毛巾，坐在椅子上，点燃一支烟，说："那意思很明白。"

我把作文本摊开在桌子上，指着评语末尾的那句话："这'要自己独立写作'我不明白，请你解释一下。"

"那意思很明白，就是要自己独立写作。"

"那……这诗不是我写的？是抄别人的？"

"我没有这样说。"

"可你的评语这样写了！"

他冷峻地瞅着我。冷峻的眼里有自以为是的得意，也有对我的轻蔑和嘲弄，更混含着被冒犯了的愠怒。他喷出一口烟，终于下定决心说："也可以这么看。"

我急了："凭什么说我抄别人的？"

他冷静地说:"不需要凭证。"

我气得说不出话……

他悠悠地抽着烟:"我不要凭证就可以这样说。你不可能写出这样的诗……"

于是,我突然想到我的粗布衣裤的丑笨,想到我和那些上不起伙的乡村学生围蹲在开水龙头旁时的窝囊,就凭这些瞧不起我吗?就凭这些判断我不能写出两首诗来吗?我失控了,一把从作文本上撕下那两首诗,再撕下他用红色墨水写下的评语。在要朝他摔出去的一刹那,我看见一双震怒得可怕的眼睛。我的心猛然一颤,就把那些纸用双手一揉,塞到衣袋里去了,然后一转身,不辞而别。

我躺在集体宿舍的床板上,属于我的那一绺床板是光的,没有褥子也没有床单,唯一不可或缺的是头下枕着的这一卷被子,晚上,我是要铺一半盖一半的。我已经做好了被开除的思想准备。这样受罪的念书生活还要再加上屈辱,我已不再留恋。

晚自习开始了,我摊开了书和作业本,却做不出一道习题来,捏着笔,盯着桌面,我不知做这些习题还有什么用。

因为这件事,期末时我的操行等级降到了"乙"。

打这以后,在车老师的语文课上,我对于他的提问从不举手,他也不点我的名要我回答问题,在校园里或校外碰见时，我就远远地避开。

又一次作文课，又一次自选作文。我写下一篇小说，名曰《桃园风波》，竟有三四千字，这是我平生写下的第一篇小说，取材于我们村子里果园入社时发生的一些事。随之又是作文评讲，车老师仍然没有提到我的作文，于好于劣都不曾提及，我心底里的火又死灰复燃。作文本发下来，我揭到末尾的评语栏，连篇的好话竟然写满了两页作文纸，最后的得分栏里，有一个神采飞扬的"5"字，在"5"字的右上方，又加了一个"+"，这就是说，比满分还要高了。

既然有如此好的评语和"5+"的高分，为什么在评讲时不提我一句呢？他大约意识到小视"乡下人"的难堪了，我这样猜想，心里也就膨胀了愉悦和报复，这下该有凭证证明前头那场说不清的冤案了吧？

僵局继续着。

入冬后的第一场大雪是在夜间降落的，校园里一片白。早操临时取消，改为扫雪，我们班清扫西边的篮球场，雪下竟是干燥的沙土。我正扫着，有人拍我的肩膀，一扬头，是车老师。他笑着，在我看来，他笑得很不自然。他说："跟我到语文教研室去一下。"我心里疑虑重重，又有什么麻烦了？

走出篮球场，车老师的一只胳膊搭到我肩上了，我的心猛地一震，慌得手足无措。那只胳膊从我的右肩绕过脖颈，就搂住我的左肩。这样一个超级亲昵友好的举动，顿然冰释了我心头的疑虑，却使我更加局促不安。

走进教研室的门，里面坐着两位老师，一男一女。车老师说："'二两壶'、'钱串子'来了。"两位老师看看我，哈哈笑了。我不知所以，脸上发烧。"二两壶"和"钱串子"是最近一次作文时我的又一篇小说中两个人物的绰号。我当时顶崇拜赵树理，他的小说人物都有外号，极有趣，我总是记不住人物的名字而能记住外号。我也学着给我的人物用上了外号。

车老师从他的抽屉里取出我的作文本，告诉我，市里要搞中学生作文比赛，每个中学要选送两篇。本校已评选出两篇来，一篇是议论文，初三一位同学写的，另一篇就是我的作文《堤》了。

啊！真是大喜过望，我不知该说什么了。

"我已经把错别字改正了，有些句子也修改了。"车老师说，"你看看，修改得合适不合适？"说着又搂住我的肩头，搂得离他更近了，指着被他修改过的字句一一征询我的意见。我连忙点头，说修改得都很合适。其实，我连一句也没听清楚。

他说："你如果同意我的修改，就把它另外抄写一遍，周六以前交给我。"

我点点头,准备走。

他又说:"我想把这篇作品投给《延河》。你知道吗?《延河》杂志?我看你的字儿不太硬气,学习也忙,就由我来抄写投寄。"

我那时还不知道投稿,也是第一次听说《延河》。多年以后,当我走进《延河》编辑部的大门以及在《延河》上发表作品的时候,我都情不自禁地想到车老师曾为我抄写投寄的第一篇稿子。

这天傍晚,住宿的同学有的活跃在操场上,有的遛大街去了,教室里只有三五个死贪学习的女生。我破例坐在书桌前,摊开了作文本和车老师送给我的一扎稿纸,心里怎么也平静不下来。我感到愧悔,想哭,却又说不清是什么情绪。

第二天的语文课,车老师的课前提问一提出,我就举起了手,为了我的可憎的狭隘而举起了忏悔的手,向车老师投诚……他一眼就看见了,欣喜地指定我回答。我站起来,却说不出话来,喉头像塞了棉花似的。自动举手而又回答不出,后排的同学哄笑起来。我窘急中又涌出眼泪来……

上到初三时,我转学了。暑假办理转学手续时,车老师探家尚未回校。后来,当我再探问车老师的所在时,只说早调回甘肃了。当我第一次在报刊上发表处女作的时候,我想到了车老师,我想我应该寄一份报纸去,去慰藉被我冒犯过的那颗美好的心！当我的第一本小说集出版时，我在开着给朋友们赠书的名单时又想到车老师，终不得音讯，这债就依然拖欠着。

经过多少年的动乱，我的车老师不知尚在人间否？我却始终忘不了那淳厚的陇东口音……

三九的雨

这是我村与邻村之间一片不大的空旷的台地。只有一畛地宽的平台南头开始起坡，就是白鹿原北坡根的基础了。平台往北下一道浅浅的坡塄，就是灞河河滩了。我脚下踏着的平台上的这条沙石大路，穿过一个个大大小小的村庄，通往西安。

天明时雨止歇了。天阴沉着，云并不浓厚，淡灰的颜色，估计一时半刻挤拧不出雨水来。空气很清新，湿润润的，山坡上的麦子绿莹莹的，河川里的麦子也是莹莹的绿色。原坡上沟坎里枯干的荒草被雨浇成了褐黑色，却有一种湿润的柔软。河川北岸是骊山的南麓，清晰可辨一株树一道坡一条沟，直至山岭重叠的极处。四野宁静到令人耳朵自生出纤细的音响来。

前日落了雨。小雨。通常是开春三月才有的那种"随风潜入夜，润物细无声"的春雨。腊月初二（2002年1月14日）下起，断断续续稀稀拉拉下到今天天明，让整个村子里的男女惊诧不已,该当滴水成冰冻破砖头的"三九"时月,居然是小雨缠绵。太过反常的天气给农人心里一种不祥的妖孽氛征。这是我半生里仅见的一次"三九"的雨,以及不仅不冻反而松软如酥的土地。

我脚下这条颇为宽绰的沙石大路是1977年冬天动工拓宽的。与这条大路同时开工的是灞河河堤水利工程,由我任副总指挥具体实施的。那时,我完成这项家乡的水利工程的心态,与我后来写作长篇小说《白鹿原》时的心境基本类同,就是尽力做成一件事。

我第一次背着馍口袋从这条路走出村子走进西安的中学时,这条路大约也就一步宽,架子车是无法通行的。我背着一周的干粮走出村子时的心情是雀跃而又高涨的,然而也是完全模糊的。我只是想念书,想上城里的中学去念书,念书干什么等抱负之类的事,完全没有。我再三追寻记忆,充其量只会有当个工人之类的宏愿,而且这主要是父母供儿女上学的原始动机。在乡村人的眼睛里,挣工资吃商品粮的工人是世界上最幸福的人。我在初中二年级却喜欢文学了,这不仅大大出乎父母的意料,连我自己也感到奇怪。通常情况下,爱好文学是被视为浪漫而又富于诗意的事情,怎么会发生在一个穿粗布衣服吃开水泡馍的人身上呢?许多年后我把自己的这种现象归结为一根对文字敏感的神经——文学的兴趣由此而发端。书香门第以及会讲故事会唱歌谣的奶奶们的熏陶，只能对具备文字敏感神经的儿孙起反应作用，反之讲了也是白讲唱了也是白唱。

背着馍口袋出村夹着空口袋回村，在这条小路上走了12年，我完成了高中学业。我记忆中最深的是16岁那年遇到过狼。天微明时，我已走出村子五里的一条深沟的顶头，做伴壮胆的父亲突然叫了一声"狼"！就在身旁不过二十步远的齐摆着谷穗的地边上，有一只狼。稍远一点，还有一只。我没有感觉到丝毫的害怕，尽管是我第一次看见这种吓人的动物，不是我胆大，而是身旁跟着父亲。我第一次感受父亲的力量和父亲的含义，就是面对两只成年狼的时候，竟然没有产生恐惧。我成了一个父亲的时候，又在这条几经拓宽的乡村公路上接送我的三个念书的孩子。我比父亲优裕的是有了一辆自行车，孩子后来也有了，比当年父亲步行送我要快捷多了。我和孩子再也没有遭遇狼的惊险故事。狼已经成为大家怀念的珍稀宝贝了。

我的一生其实都粘连在这条已经宽敞起来的沙石路上。我在专业创作之前的20年基层农村工作里，没有离开这条路；我在取得专业创作条件之后的第一个决断，索性重新回到这条路起头的村子——我的老家。我窝在这里的本能的心理需求，就是想认真实现自己少年时代就产生的作家之梦。从1982年冬天得到专业写作的最佳生存状态到1992年春天写完《白鹿原》，我在祖居的原下的老屋里写作和读书，整整十年。这应该是我最沉静最自在的10年。

我现在又回到原下祖居的老屋了。老屋是一种心理蕴藏。新房子在老房子原来的基础上盖成的，也是一种心理因素吧。这个祖居的屋院只有我一个人住着。父亲和他的两个堂弟共居一院的时代早已终结了。父亲一辈的男人先后都已离开这个村子，在村庄后面白鹿原北坡的坡地上安息有年了。我住在这个过去三家共有的屋院里，可以想见其宽敞和清爽了。我在读着欧美那些作家的书页里，偶尔竟会显现出爷爷或父亲或叔父的脸孔来，且不止一次。夜深人静我坐在小院里看着月亮从东原移向西原的无边无际的静谧里，耳畔会传来一声两声沉重而又舒坦的呻吟。那是只有像牛马拽犁拉车一样劳作之后歇息下来的人才会发出的生命的呻唤。我在小小年纪的时候就接受着这种生命乐曲的反复熏陶，有父亲的，有叔父的，还有祖父的。他们早已在原坡上化作泥土。他们在深夜熟睡时的呻吟萦绕在这个屋院里，依然在熏陶着我。

这是一个不可思议的冬天。我站在我村和邻村之间的旷野里。从我第一次走出这个村子到城里念书的时候，父亲和母亲每每送我出家门时的眼神，都给我一个永远不变的警示：怎么出去还怎么回来，不要把龌龊带回村子带回屋院。在我变换种种社会角色的几十年里，每逢周日回家，父亲迎接我的眼睛里仍然是那种神色，根本不在乎我干成了什么事干错了什么事，升了或降了，根本不在乎我比他实际上丰富得多的社会阅历和完全超出他的文化水平。那是作为一个父亲的独具禀赋的眼神，这个古老屋院的主宰者的不可侵扰的眼神，依然朝我警示着，别把龌龊带回这个屋院来。

北京丰台。我从大礼堂走出来。《西安晚报》记者王亚田第一个打来电话。选举刚刚结束。他问我当选中国作家协会副主席后首先想的是什么。

我脱口而出："作为一个作家，应该始终把智慧投入写作。"

他又问："还有什么呢？"

我再答："自然还有责任和义务。"

我站在我村与邻村之间空旷的台地上，看"三九"的雨淋湿了的原坡和河川，绿莹莹的麦苗和褐黑色的柔软的荒草，从我身旁匆匆驶过的农用拖拉机和放学回家的娃娃。粘连在这条路上倚靠着原坡的我，获得的是沉静，自然不会在意"三九"的雨有什么祥与不祥的猜疑了。

汽笛·布鞋·红腰带

　　一个年过五十的人，依然清晰地记得平生听到第一声火车汽笛时的情景。

　　他当时刚刚勒上了头一条红腰带。这是家乡人遇到本命年时避灾禳祸乞求平安福祉的吉祥物，无论男女无论长幼无论尊卑都要在本命年到来的头一天早晨穿裤子时勒上腰的。那是母亲用自纺的棉线四股合成一股，经过浆洗经过大红颜色的煮染再经过蜂蜡的打磨，然后把经线绷在两个膝盖之前织成的，早在母亲搓棉花捻子和纺线的时候就不断念叨："娃的本命年快到了，得织一条红腰带。"在标志着一年将尽的最后一个月份——腊月——到来之前，母亲已经织好了一条红腰带，只让他试着勒了一下就藏进木板柜里，直到大年三十晚上才取了出来放在枕头旁边，叮嘱他天明起来换穿新衣新裤时结上那根红腰带。他那时只是为了那条鲜红的线织腰带感到新奇而激动不已，却不能意识到生命历程的第二个十二年将从明天早晨开始……

半年以后，他勒在腰里的红带已经变成了紫黑色的了，鲜艳的红色被汗渍尿垢以及褪色的黑裤污染得失去了原本的颜色。他依旧勒着这条保命带走出了家乡小学所在的小镇，到三十里外的历史名镇灞桥去投考中学。领着他的是一位四十多岁的班主任老师，姓杜；和他一起去投考的有二十多个同学，这些小学同学中有的已经结婚，那是他们在新中国成立后才迟迟获得读书机会的缘故，他是他们当中年龄最小个头最矮的一个。

这是一次真正的人生之旅。

从小镇小学校后门走出来便踏上了公路。这是一条国道，西起西安沿着灞河川道再进入秦岭，在秦岭山中盘旋蜿蜒一直通到湖北省内。这是他第一次走出家门三公里以外的旅行。他昨夜激动惶惧得几乎不能成眠。他肩头挎着一只书包，包里装着课本，一支毛笔和一只墨盒，还有几个学生灶发给的混面馍馍，还有一块洗脸擦脸用的布巾，同样是母亲用织布机织下的手工布巾……口袋里却连一分钱也没有。

开始上路他和老师、同学相跟着走，大约走出十多里路也不觉得累，同学们大都是来自小镇附近村庄，谁也没出过远门，兴致很高心劲十足一路说说笑笑叽叽嘎嘎。后来的悲剧是从脚下发生的。他感觉脚后跟有点疼，脱下鞋来看了看，鞋底磨透了，脚后跟上磨出红色的肉丝淌着血，血浆渗湿了鞋底和鞋帮。他首先诅咒的便是砂石铺垫的国道上的砂子，全然想不到母亲纳扎的布鞋鞋底经不住砂石的磨砺，随后才意识到是一双早已磨薄了的旧布鞋的鞋底。在他没有发现鞋破脚破之前还能撑持住往前走，而当他看到脚后跟上的血肉时便怯了，步子也慢了。

似乎不单是脚后跟上出了毛病，全身都变得困倦无力，双腿连往前挪一步的勇气都没有了，每一次抬脚举步都畏怯落地之后所产生的血肉之苦。他看见杜老师在向他招手，他听见同学在前头呼叫他。他流下眼泪来，觉得再也撵不上他们了。他企望能撞见一位熟人吆赶的马车，瞬间又悲哀地想到，自己其实原来就不认识一位车把式。

他看见杜老师和一位结过婚的小学生大同学倒追过来，立即擦干了眼泪。老师和同学的关心鼓励丝毫也不能减轻脚下的痛楚和抬脚触地时引发的内心的畏怯。老师和大同学不能只等他一人而往前走了。他没有说明鞋底磨透脚跟磨烂的事，不是出于坚强而纯粹是因为爱面子，他怕那些穿起耐磨的胶质球鞋的同学笑自己的穷酸。这种爱面子的心理不知何时形成的，以至影响到他后来的全部生活历程，不愿意在任何人面前哭穷。老师和大同学临走时留给他的一句话是："往前走不敢停。慢点儿不要紧只是不敢停下。我们在前头等你。"

他已经看不见杜老师率领着的那支小小的赶考队列了。他期望在路上捡到一块烂布包住脚后跟，终于没有发现哪怕是巴掌大的一块碎布而失望了。他从路边的杨树上捋下一把树叶塞进鞋窝儿，大约只舒服了两分钟走出不过十几米就结束了短暂的美好和幼稚。他终于下狠心从书包里摸出那块擦脸用的布巾，相当于课本的两倍大小，只能包住一只脚。洗脸擦脸已经不大重要了，撩起衣襟就可以代替布巾来使用。用布巾包住的一只脚不再直接遭受砂石的蹭磨减轻了疼痛，况且可以使另一只脚跷起脚尖而避免脚后跟着地。他跷着一只脚尖就着往前赶，果然加快了行速。走过不知有多少路程，布巾很快又磨透了，他把布巾倒过来再包到脚上，直到那块布巾被踩磨得稀烂而毫无用处。他最后从书包拿出了课本，先是算术，后是语文，一扎一扎撕下来塞进鞋窝……只要能走进考场，他自信可以不需要翻动它们就能考中；如果万一名落孙山，这些课本无论语文或是算术就都变成毫无用处的废物了。那些课本的纸张更经不住砂石的蹭磨，很快被踩踏成碎片从鞋窝里泛出来撒落到砂石国道上，像埋葬死人时沿路抛撒的纸钱。直到课本被撕光，他几乎完全绝望了，脚跟的疼痛逐渐加剧到每一抬足都会心惊肉跳，走进考场的最后一丝勇气终于断灭了。他站起随之又坐下来，等待有一挂回程的马车，即使陌生的车夫也要乞求。他对念中学似乎也没有太明晰的目标，回家去割草拾柴也未必不好……伟大的转机就在他完全崩溃刚刚坐下的时候发生了，他听到了一声火车汽笛的嘶鸣。

  他被震得从路边的土地上弹跳起来。他被惊吓得几乎又软瘫坐下。他的耳膜长久地处于一种无知觉的空白。他的胸腔随着铿锵铿锵的轮声起伏着颤栗着。他惊惧慌乱不知所措而茫然四顾，终于看见一股射向蓝天的白烟和一列呼啸奔驰过来的火车。他能辨识出火车凭借的是语文课本上的一幅拙劣的插图。这是他平生第一次看见火车。第一次听见火车汽笛的鸣叫。隐蔽在原坡皱褶里的家乡村庄，一年四季只有人声牛哞狗吠鸡鸣和鸟叫。列车从他眼前的原野上飞驰过去，绿色的车厢绿色的窗帘和白色的玻璃，启开的窗户晃过模糊的男人或女人的脸，还有一个把手伸出窗口的男孩的脸……直到火车消失在柳林丛中，直到柳树梢头的蓝烟渐渐淡化为乌有，直到远处传来不再那么震慑而显得悠扬的汽笛声响，他仍然无法理解火车以及坐在火车车厢里的人会是一种什么滋味儿？坐在飞驰的火车上透过敞开的窗口看见的田野会是怎样的情景？坐在火车上的人瞧见一个穿着磨透了鞋底磨烂了脚后跟的乡村娃子会是怎样的眼光？尤其是那个和他年岁相仿已经坐着火车旅行的男孩？

天哪！这世界上有那么多人坐着火车跑哩而根本不用双腿走路！他用双脚赶路却穿着一双磨穿了底磨烂了脚后跟的布鞋一步一蹭血地踯躅！一时似乎有一股无形的神力从生命的那个象征部位腾起，穿过勒着红腰带的腹部冲进胸腔又冲上脑顶，他无端地愤怒了，一切朦胧的或明晰的感觉凝结成一句，不能永远穿着没后底的破布鞋走路……他把残留在鞋窝里的烂布绺烂树叶烂纸屑腾光倒净，咬着牙在砂石国道上重新举步，腿上有劲了，脚后跟也还在淌血还疼，走过一阵儿竟然奇迹般地不疼了，似乎那越磨越烂得深的脚后跟不是属于他的，而是属于另一个怯弱者懦弱鬼王八蛋的……在离考场的学校还有一二里远的地方，他终于追赶上了老师和同学，却依然不让他们看他惨不忍睹的两只脚后跟。

……

在那场历时十年的大浩劫发生时，他虽未被完全打翻却感到已经走到生命的尽头。那一年又正好是他勒上第二条红腰带开始第三轮十二年的时候。他被划进刘少奇路线而注定了政治生命的完结，他所钟情的文学在刚刚发出处女作便夭折了，家庭的灾难也接踵而至，不是祸不单行而是三面伏击四面楚歌。他步入社会尚无任何生活经验也无丝毫的防卫能力，很快便觉得进入绝境而看不出任何希望，不止一次于深夜走到一口水井边企图结束完全行尸走肉的自己。没有促成他纵身一投的缘由，便是他在那最后一刻听到了发自生命内部的那一声汽笛的鸣叫……

在他勒上第三条红腰带开始生命年轮的第四个十二年的时候，恰好又遭遇到一次重大的挫折。如果说上一次的遭遇与红腰带有无什么联系尚不意识，这一次就令他暗暗惊诧了，人类生命本身是否存在着一种神秘的周期性灾变？他不再以一个简单的无神论者的简单态度轻易去判断其有无了。这一次挫折纯粹是自作自受，不能怨天不能怨地更不能怨天下任何人，自己写下一篇对生活作出简单谬误判断的小说而声名狼藉。他曾想告别政坛也告别文学，重新回到学校做一名乡村教师，与农村孩子去交朋友。在那个人生重大抉择的重要关头，他不仅又一次听到了那声汽笛，而且想到了那双磨透了鞋底磨烂了脚跟的布鞋。有什么可畏惧的呢？本来就是穿着磨透鞋底的布鞋走进社会的，最终最糟失掉的大不了也就是又一双破烂布鞋……他走进图书馆，把莫泊桑和契诃夫的小说抱回住屋，昼夜与这两个欧洲人拥抱在一起。

他后来成为一个作家，但不是著名的，却终归算一个作家。这个作家已过"知天命"的年岁，回顾整个生命历程的时候，所有经过的欢乐已不再成为欢乐，所有经历的灾难挫折引起的痛苦也不再是痛苦，变成了只有自己可以理解的生命体验，剩下的还有一声储存于生命磁带上的汽笛鸣叫和一双透了鞋底的布鞋。

他想给进入花季刚刚勒上头一条或第二条红腰带的朋友致以祝贺，无论往后的生命历程中遇到怎样的挫折怎样的委屈怎样的龌龊，不要动摇也不必辩解，走你认定了的路吧！因为任何动摇包括辩解，都会耗费心力耗费时间耗费生命，不要耽搁了自己的行程。

拥有一方绿荫

农历十月初一是家乡的鬼节,活着的人要给死去的亲人烧纸送钱,好让他们在冬季到来之前备置防寒的衣物。在这种事情上我一直是处于理智和情感的分离状态,结果却是一次又一次顺从了情感的驱使,便匆匆赶回乡下老家,去为我的那位终身都在为吃饭穿衣愁肠百结的父亲烧一匝纸钱,让他在冥冥之域不再饥寒交困。

转过村里那座濒临倒塌的关帝庙,便瞅见我的家园。那株法桐撑开偌大的三角形树冠,昂昂扬扬侍立在大门前不过10米的街路边。每一次回归家园第一眼瞅见这株法桐,我的心里就会涌出"我的树"的欣然浩叹。原因再简单不过,这株法桐是我栽的。父亲在世时喜欢栽树,我们家的房前屋后现在还蓬勃着他老先生栽植的树群,场塄上的那株白椿树已经有一搂粗了。然而我每一次回乡看见自己栽下的树都要比看见父亲栽的树更亲切，说穿了不过是栽树的人对那株幼苗当初所寄托的希冀将实现。是的，当我看见自己掘坑挖栽下的那株不过指头粗细的幼苗终于雄壮起来，倚立在村巷里，在浩渺的天空撑起一片绿盖的时候，我的那种感觉颇近似阅读自己刚刚写完的一部小说。

12年前的这个月，我调进陕西作协专业创作组。我那时的唯一感觉便是开始进入最理想的人生状态，专业创作对我来说的实质性含义只有一点，所有时间可以由我自由支配，再不要听命于谁对我的指派了。压力也同时俱来，生活、学习、创作既然全由自己支配，那么再写不出像样的作品，也就没有任何托辞可以替自己遮盖了。

我几乎同时决定回归老巢。回归我父亲我爷爷我老太爷一脉相承的家园。不是因为他们都死了需得由我来承继，纯粹是为了图得一个耳根清净的环境，可以平心静气地坐下来读书，思考一些不单是艺术也包括艺术的问题。深知自己知识残缺不全，而生活演进的步伐又如此疾骤，好多好多问题太需要沉心静气地想一想了。

住在乡间真是令人心旷神怡，所有的骚扰和诱惑都自然排除。每每在清静到令人寂寞的时候我便走出大门，和村巷里随意相遇的任何一个人拉拉闲话，哪怕逗小孩玩也觉得十分快活。夏天暴日当头时，走出门来就招架不住炎炎烈日的烤炙，暴晒后我的头顶和赤臂就生出一层红红的小米粒似的斑点，奇痒难支，医生说那叫日光性皮炎。我便畏惧已构成暴力的太阳，于是便想到应该有一方绿荫做庇护。出得大门站在浓厚而清凉的树荫下和农人闲谝、抽烟那真是太惬意了……便想到栽两株树。

首先是树种的选择。我要栽两株法桐。几近40年前我读初中，看过一场中国和法国合拍的儿童电影《风筝》，巴黎街道上那高大的街树令我记忆特深，我在家乡没有见过这种树。又过20年我才知道这种树叫法桐，中国的许多城市的公路两边已经形成风景，家乡的一些农家屋院也栽植起来。

是我动手那部长篇小说写作那年的早春，我托村子里一位青年从庙会上买回两株法桐，一株一块钱。树买到了自然很遂心愿，只是遗憾着它太小太细了，仅仅只有食指么粗。天哪！想要乘它的荫凉，想要拥有一方绿荫，得等多少年啊！

我仍然毫不犹豫地挖了坑，给坑底垫下土肥，把它栽下了；栽下了它，也就把一种对绿荫的期盼坚定地埋下了。我挂着铁锨把儿抹着脸上的汗水，欣赏着只及我胸脯高的幼株，一缕忧虑产生了，猪可以拱断它，小孩随手可以掐折它，它太弱小了嘛！于是我便扛着镢头上山坡，挖回一捆酸枣棵子，插在幼株周围，把它严严密密地保护起来。

令我失望的是，几乎所有树木的嫩叶都变成了绿叶，我的两株法桐依然叶苞不动。我拨开酸枣棵子在那树干上掐破表皮，发现已经是干死的褐色。我想把它拔起来扔掉，就在我拽住树干准备用力的一瞬，奇迹发生了，挨近地皮的地方露出来一点嫩黄的幼芽，我的心就由惊喜而微微颤抖了。这是从法桐的根部冒出的新芽，证明树根还活着。树根活着就会发出新的幼芽，生命多么顽强又多么伟大啊！那是一个尚看不出叶形的粗壮的锥形幼芽，刚刚拱破地皮而崭露头角，嫩黄中有淡淡的嫩绿，估计也就只经受过一两回春天阳光的沐浴吧。我久久地蹲在那里而舍不得离开，庆祝一个新的生命的诞生。我把扒掉的酸枣棵子重新插好，这幼芽不仅经不起车碾马踏人踩猪拱，鸡爪子只要一下就会轻而易举地把它刨断把它摧毁。

我一日不下八次地看那幼芽。它蹿起来了。它由嫩黄变成嫩绿了。它终于伸出一片绿叶了。它又抽出一片新叶了。它终于冒过围护着它的酸枣棵子，以一身勃勃的绿叶挺立起来，那么欢实，那么挺拔地向着天空……唯其丝毫不敢松懈，每年春天挖一捆酸枣棵子加固防护的围障，它依然还弱小，依然经不起意外的或有意的伤害。

它长到我的胳膊粗的时候，我终于享受到它的绿荫了。那树荫投射到地面上，有筛子般大小，我站在树的荫凉下，接受它的庇护。它的尚不雄壮的枝干和尚不宽厚的绿叶，毕竟具备遮挡烈日烈焰的能力，我想拥有的一方绿荫的愿望实现了。那一年底，我也终于完成了历时四年的长篇小说写作工程，回城里去了。临走之前，我仍然给它的周围加固一层酸枣棵子。

去年夏天我回去，发现那树干已经长到小碗那么粗了，不知哪家的孩子用小刀在树干上刻写下我的名字，刻刀的印迹已经愈合，颜色却是褐红色的，在树皮的灰白色中十分显眼。从去年到这次回归，我发现那树干急遽加粗，刻着我的名字的那俩字也在长大。树下已经有偌大一片绿荫了。

法桐已经成为一株真正的树挺立在那里，巨大的伞状树冠撑持在天空。父亲在世时给我说过，树冠在天空有多大，树根在地下就会伸延多么远；树干有多粗，树的主根也就有多粗；树枝在空中往上往前伸长一尺一寸，树根在地下也就往下往周围延伸一尺一寸。我至今无法判断父亲这话有多少科学的可靠性，但确凿相信，这树的根已经扎得很深了，即使往坏处想到极点，譬如说突然被过往的汽车撞断了，或者被几十年不遇而在某一天却遇到了雷劈电击，这自然都无法预防，但这根是不会被撞毁劈断的。它会重新冒出新芽，它的生命还会重新开始。真的发生这种情况，我将无怨无悔地再去挖酸枣棵子，重新开始对我的法桐新芽的围护。

我久久伫立在我的法桐树旁，欣赏着那已经变形却依然清晰可辨的我的名字，那刻下我名字的淘气鬼也该和这树一样长高长壮了吧？天空飘落着零星小雨，日头隐没了，虽然看不到树荫，却也毫无遗憾。到明年三伏那燥热难熬的时候，我就回家园，享受暴日烈焰下的我的那一方绿荫。

别路遥

我们不得不接受这样的事实,无论这个事实多么残酷以至至今仍不能被理智所接纳,这就是:一颗璀璨的星从中国的天宇间陨落了!

一颗智慧的头颅终止了异常活跃异常深刻也异常痛苦的思维。

这就是路遥。

他曾经是我们引以为自豪的文学大省里的一员主将,又是我们这个号称陕西作家群体中的小兄弟;他的猝然离队使得这个整齐的队列出现一个大位置的空缺,也使这个生机勃勃的群体呈现寂寞。当我们——比他小的小弟和比他年长的大哥,以及更多的关注他成长的文学前辈们——看着他突然离队并为他送行,诸多痛楚因素中最难以承受的是物伤其类的本能的悲哀。

路遥从中国西北的一个自然环境最恶劣也最贫穷的县的

山村走出来，为中国当代文学的繁荣创造了绚烂的篇章。这不单是路遥个人的凯歌。它至少给我们以这样的启迪，我们这个民族所潜存着义无反顾的进取精神和旺盛而又强大的艺术创作力量。路遥已经形成的开阔宏大的视野，深沉睿智的穿射历史和现实的思想，成就大事业者的强大的气魄，为实现理想的坚忍不拔和艰苦卓绝的耐力，充分显示出这个古老而又优秀的民族最优秀的品质。

路遥密切地关注着生活演进的艰难进程，密切地关注着整个民族摆脱沉疴复兴复壮的历史性变迁，以及由此而产生的巨大痛苦和巨大欢乐。路遥并不在意个人的有幸与不幸，得了或失了，甚至包括伴随他的整个童年时期的饥饿在内的艰辛历程。这是作为一个深刻作家的路遥与平庸文人的最本质区别。正是在这一点上，路遥成为具有独立思维和艺术品格的路遥。

路遥的精神世界是由普通劳动者构建的"平凡的世界"，他在当代作家中最能深刻地理解这个平凡的世界里的人们对中国意味着什么。他本身就是这个平凡世界里并不特别经意而产生的一个，却成了这个世界人们精神上的执言者，他的智慧集合了这个世界的全部精华，又剔除了母胎带给他的所有腥秽，从而使他的精神一次又一次裂变和升华。他的情感却是与之无法剥离的血肉情感。这样，我们才能破译长篇小说《平凡的世界》里那深刻的现代理性和动人心魄的真血真情。路遥在创作那些普通人生存形态的平凡世界里，不仅不能容忍任何对这个世界的过去和现在、历史和现实的解释的随意性，甚至连一句一词的描绘中的矫情和娇气也绝不容忍。他有深切的感知和清醒的理智，以为那些随意的解释和矫情娇气的描绘，不过是作家自身心理不健康不健全的表现，并不属于那个平凡世界里的人们。路遥因此获得了这个世界里数以亿计的普通人的尊敬和崇拜，他沟通了这个世界的人们和地球人类的情感。这是作为独立思维的作家路遥的最难仿效的本领。

我们无以排解的悲痛发自最深切的惋惜。43岁，一个刚刚走向成熟的作家的死亡意味着什么？本来，我们完全可以自信地期待，属于路遥的真正辉煌的历程才刚刚开始。我们深沉的惋惜正是出自对一个文学大省一个国家和民族的文学事业的无法弥补的损失。一切已不能挽回于万一，所以期待即使是自信的有把握的，也都在1992年11月17日那个早晨被彻底粉碎了。然而，我们就路遥截至1992年11月17日早晨8时20分的整个生命历程来估价，完全可以说，他不仅是我们这个群体而在更广泛的中国当代中青年作家中，也是相当出色相当杰出的一个。就生命的历程而言，路遥是短暂的；就生命的质量而言，路遥是辉煌的。能在如此短暂的生命历程中创造如此辉煌如此有声有色的生命的高质量，路遥是无愧于他的整个人生的，无愧于哺育他的土地和人民的。

以路遥的名义，我们寄望于每一个年轻或年长的弟兄，努力创造，为中国文学的全面繁荣而奋争。只是在奋争的同时，千万不可太马虎了自己——这肯定也是路遥的遗训。

人生,
需要留白

学会选择与取舍,有所为、有所不为。
人生匆忙之中,给自我留白,做无为之事,
遣有生之涯。

我的文学生涯

我生长在一个世代农耕的家庭,听说我的一位老爷(父亲的爷爷)曾经是私塾先生,而父亲已经是一个纯粹的农民,是村子里头为数不多的几个能打算盘也能提起毛笔写字的农民。我在新中国成立后的第二年入学,直到1962年高中毕业回乡,之后做过乡村学校的民办教师、乡(公社)和区的干部,整整十六年。我对中国农村和中国农民有些了解,是这段生活给予我的。直到1978年秋天,我调入西安郊区文化馆。我再三地审视自己、判断自己,还是决定离开基层行政部门转入文化单位,去读书、去反省以便皈依文学。1982年冬天,我调到省作协专业创作组。在取得对时间的完全支配权之后,我几乎同时决定,干脆回归老家,彻底清静下来,去读书,去回嚼二十年里在乡村基层工作的生活积蓄,去写属于自己的小说。我的经历大致如此。

我在小学阶段没有接触过文学作品，尚不知世有"作家"和"小说"。上初中时我阅读的头一本小说是《三里湾》，这也是我平生阅读的第一本小说。赵树理对我来说是陌生的，而三里湾的农民和农村生活对我来说却是再熟识不过的。这本书把我有关农村的生活记忆复活了，也是我第一次验证了自己关于乡村、关于农民的印象和体验，如同看到自己和熟识的乡邻旧生活的照片。这种复活和验证在幼稚的心灵引起的惊讶、欣喜和浮动是带有本性的。我随之把赵树理已经出版的小说全部借来阅读了。这时候的赵树理在我心目中已经是中国最伟大的作家；我人生历程中所发生的第一次崇拜就在这时候，他是赵树理。也就在阅读赵树理小说的浓厚兴趣里，我写下了平生的第一篇小说《桃园风波》，是在初中二年级的一次自选题作文课上写下的。我这一生的全部有幸和不幸，就是从阅读《三里湾》和这篇小说的写作开始的。

随着阅读范围的扩大，我的兴趣就不仅仅局限于验证自己的生活印象了。一本本优秀的文学作品，在我眼前展开了一幅幅见所未见、闻所未闻的画卷……所有这些震撼人心的书籍，使我的眼睛摆脱开家乡灞河川道那条狭窄的天地，了解到在这小小的黄土高原的夹缝之外，还有一个更广阔的世界。我的精神里似乎注入了一种强烈的激素，跃跃欲成一番事业了。父亲自幼对我的教诲，比如说人要忠诚老实啦，人要本分啦，勤俭啦，就不再具有权威的力量。我尊重人的这些美德的规范，却更崇尚一种义无反顾的进取精神，一种为事业、为理想而奋斗的坚忍不拔和无所畏惧的品质。父亲对我的要求很实际，要我念点书，识得字儿，算个数儿不叫人哄了就行了，他劝我做个农民，回乡种庄稼，他觉得由我来继续以农为本的农业是最合适的。开始我听信他的话，后来就觉得可笑了，让我挖一辈子土粪而只求得一碗饱饭，我的一生的年华就算虚度了。我不能过像阿尔青（保尔的哥哥）那样只求温饱而无理想追求的猪一样的生活。大约在高中二年级的时候，我想搞文学创作的理想就基本形成了。

而我面对的现实是：高考落第。我们村子里第一个高中毕业生回乡当农民，很使一些供给孩子读书的人心里绽了劲儿。我的压力又添了许多，成为一个念书无用的活标本。回到乡间，除了当农民种庄稼，似乎别无选择。在这种别无选择的状况下，我选择了一条文学创作的路，这实际上无异于冒险。我阅读过中外一些作家成长道路的文章，给我的总体感觉是，在文学上有重要建树的人当中，幸运儿比不幸的人要少得多。要想比常人多有建树，多有成就，首先要比常人付出多倍的劳动，要忍受常人难以忍受的艰辛甚至是痛苦的折磨。有了这种从旁人身上得到的生活经验，我比较切实在确定了自己的道路，消除了过去太多的轻易获得成功的侥幸心理，这就是静下心来，努力自修，或者说自我奋斗。我给自己定下了一条规程，自学四年，练习基本功，争取四年后发表第一篇作品，就算在"我的大学"领到毕业证了。结果呢？我经过两年的奋斗就发表作品了。当然，我忍受过许多在我的孩子这一代人难以理解的艰难和痛苦，包括饥饿以及比鼓励要更多的嘲讽，甚至意料不到的折磨与打击。为了避免太多的讽刺和嘲笑对我平白无故带来的心理上的伤害，我使自己的学习处于秘密状态，与一般不搞文学的人绝口不谈文学创作的事，每被问及，只是淡然回避，或转移话题。即使我的父亲也不例外。

　　我很自信，又很自卑，几乎没有勇气拜访求教那些艺术家。像柳青这位我十分尊敬的作家，在他生前，我也一直没有勇气去拜访，尽管我是他的崇拜者。我在爱上文学的同时，就知道了人类存在着天才的极大差别。这个天才搅和得我十分矛盾而又痛苦，每一次接到退稿信的第一反应，就是越来越清楚地确信自己属于非天才类型。尤其想到刘绍棠戴着红领巾时就蜚声文坛难以理解的事实，我甚至悲哀起来了。我用鲁迅先生"天才即勤奋"的哲理与自己头脑中那个威胁极大的天才的魔影相抗衡，而终于坚持不辍。如果鲁迅先生说的不是欺骗，我愿意付出世界上最勤奋的人所能付出的全部苦心和苦力，以弥补先天的不足。

我发表的第一篇习作是散文《夜过流沙沟》，1965年初刊载于《西安晚报》副刊上。第一篇作品的发表，首先使我从自卑的痛苦折磨中站立起来，自信第一次击败了自卑。我仍然相信我不会成为大手笔，但作为追求，我第一次可以向社会发表我的哪怕是十分微不足道的声音了。我确信契诃夫的话："大狗小狗都要叫，就按上帝给它的嗓子叫好了。"我不敢确信自己会是一个大"狗"，但起码是一个"狗"了！反正我开始叫了！1965年我连续发表了五六篇散文，虽然明白离一个作家的距离仍然十分遥远，可是信心却无疑地更加坚定了。

1978年，中国文学艺术的冻土地带开始解冻了。经过了七灾八难，我总算在进入中年之际，有幸遇到了令人舒畅的文学艺术的春天。初做作家梦的时候，把作家的创作活动想象得很神圣，很神秘，也想象得很浪漫，及至我也过起以创作为专业的生活以后，却体味到一种始料不及的情绪：寂寞。长年累月忍受这种寂寞，有时甚至想，当初怎么就死心塌地地选择了这种职业？而现在又别无选择的余地了。忍受寂寞吧！只能忍受，不忍受将会前功尽弃，一事无成。忍受就是与自身的懒怠作斗争，一次一次狠下心把诱惑人的美事排开。当然，寂寞并不是永久不散的阴霾，它不断地会被撕破或冲散，完成一部新作之后的欢欣，会使备受寂寞的心得到最恰当的慰藉，似乎再多的寂寞也不算得什么了。尤其是在生活中受到冲击，有了颇以为新鲜的理解，感受到一种生活的哲理的时候，强烈的不可压抑的要求表现的欲念，就会把以前曾经忍受过的痛苦和寂寞全部忘记，心中洋溢着一种热情：坐下来，赶紧写……

小屋里就我一个人。稿纸摊开了，我正在写作中的那部小说里的人物，幽灵似地飘忽而至，拥进房间。我可以看见他们熟悉的面孔，发现她今天换了一件新衣，发式也变了，可以闻到他身上那股刺鼻的旱烟味儿。我和他们亲密无间，情同手足。他们向我诉叙自己的不幸和有幸，欢乐和悲哀，得意和挫折，笑啊哭啊唱啊。我的不足十平方米的小屋，是一个想象中的世界。这个世界具有现实世界里我所见过的一切，然而又与现实世界完全绝缘。我进入这个世界里，就把现实世界的一切忘记了，一切都不复存在，四季不分，宠辱皆忘了。我和我的世界里的人物在一起，追踪他们的脚步，倾听他们的诉说，分离他们的欢乐，甚至为他们的痛心而伤心落泪。这是使人忘却自己的一个奇妙的世界。这个世界只能容纳我和他们，而容不得现实世界里的任何人插足。一旦某一位熟人或生人走进来，他们全都惊慌地逃匿起来，影星儿不见了。直到来人离去，他们复又围来，甚至抱怨我和他聊得太久了，我也急得什么似的……

我在进入44岁这一年时很清晰地听到了生命的警钟。我突然强烈地意识到50岁这年龄大关的恐惧，如果我只能写写发发那些中短篇，到死时肯定连一本可以当枕头的书也没有，50岁以后的日子不敢想象将怎么过。恰在此时由《蓝袍先生》的写作而引发的关于这个民族命运的大命题的思考日趋激烈，同时也产生了一种强烈的创作理想，必须充分地利用和珍惜50岁前这五六年的黄金般的生命区段，把这个大命题的思考完成，而且必须在艺术上大跨度地超越自己。当我在草拟本上写下《白鹿原》的第一行字的时候，整个心里感觉已经进入我的父辈爷辈老老爷辈生活过的这座古塬的沉重的历史烟云之中了。这是1988年4月1日。在我即将跨上50岁的这一年的冬天，也就是1991年的深冬，《白鹿原》上三代人的生的欢乐和死的悲凉都进入最后的归宿。我这四年里穿行过古塬半个多世纪的历史烟云，终于要回到现实的我了。

六十岁说

四十五年前读初中二年级时，我在作文课上写下平生的第一篇短篇小说。这篇大约3000字的小说习作是第一次文学创作，不再属于此前作文的意义。我对文学创作的兴趣由此萌发。这种兴趣持续了四十五年。至今依旧新鲜而恭敬。即使"文革"扫荡一切作品和作家的时候，这种兴趣仍然没有转移或消亡，转变为一种隐蔽性的阅读。我说过我的人生的有幸和不幸，正是从在作文本上写作第一篇小说起始的；正是这一次完全出于兴趣性的写作，奠定了文学在我人生历程中的主题词。

近年来，多种媒体和多路记者几乎无一不问及我的人生感悟和文学创作的感悟。我也几乎无一例外地首先向他们解释，我不大使用感悟、悟道一类词，我喜欢启示。即人生历程中得到的启示，文学创作中思想和艺术的启示。正是这些启示，提升着我对历史和现实的思想穿透能力，也提升着我对文学和艺术本真的体验，完成一次又一次创造理想。在这个漫长的艺术探索过程和人生历程中，有两次自我把握和两次反省成为关键性的选择和转折。

一次是在1978年之初，当中国文学复兴的春潮涌动的时候，我正在灞河水利工地任副总指挥。我在完成了家乡的这个工程之后离开了，调入文化馆。我那时候对我的把握是，文学创作可以当作事业来干的时代终于出现了。第二次把握是1982年。这一年我从业余写作进入专业写作。我曾在一篇文章中写到过当时的直接的唯一的感觉，即进入我的人生最佳生存状态。我几乎在得到专业创作条件的同时，决定回归老家。一是静下心来回嚼二十年的乡村工作和生活，进入写作；二是基于对自己知识的残缺性的估计，需要广泛读书需要充实更需要不断更新，这都需要一个可以避免纷扰的安静环境来实现。我选择了老家农村。直到《白鹿原》书完成，正好十年。这两次把握，一次是人生轨道的转换，一次纯粹属于自身生存环境的选择。

两次反省。一次是1978年秋天。当新时期文学如雨后春笋般从解冻的文坛发生时，我很鼓舞也很冷静。冷静是出于对自身具体情况的判断。我以为排除"文革"中那些极左思想不难，而要荡涤自有阅读能力以来所接受的极左的非文学的观念不易。我选择了读书，借来了一些世界经典作家的经典作品，以真正的文学来摒弃思维和意识中的非文学观念，目的仅仅只有一点，进入文学的本真。这次反省大约持续四个月，到1979年春天，我获得了文学创作和艺术表现的强烈欲望。

我把文学当作事业来干的行程开始了。

第二次反省发生在80年代中后期，即《白鹿原》写作的准备阶段。我那个时候的思维是最活跃的一段。尤其是文学创作理论中的人物心理结构学说，引发了我对自己以往创作的颠覆。自我的不满意以至自我否定，同时就孕育着膨胀着一种新的艺术创造理想。这种痛苦的反省完全是自发的。发生在《白鹿原》的准备和后来的整个写作过程中，对我来说是一个关键。

多年以后的今天回过头来看，在人生的两个重要阶段上，我把握了自己，主要是以自身的实际作出的选择。在艺术追求的漫长历程中，在两个重要的创作阶段，进行两次反省，对我不断进入文学本真是关键性的。如果说创作有两次重要突破，首先都是以反省获得的。可以说，我的创作进步的实现，都是从关键阶段的几近残酷的自我否定自我反省中获得了力量，我后来把这个过程称作心灵和艺术体验剥离。没有秘密，也没有神话，创造的理想和创造的力量，都是经过自我反省获取的，完成的。

仅仅在半月之前的一个上午，我完成一篇5000字的散文，在原下老家一个人兴奋不已。仅仅在十天前一个晚上，读完畅广元教授的一本文化文学批评专著，进入一种最欣慰的愉悦。四天前的那个下午，我写完一篇万余字的短篇小说，竟然兴奋不已。两天前的晚上，在杨凌参加杨凌文联成立的会场里，见到残疾人作家贺绪林，听说他的一部30万字的长篇即将由人民文学出版社出版，我感动而又感奋，同样愉悦。这样，我几十年来不断重复验证自己，文学创作才是我生存的最佳气场。

  直到我走进朋友们营造的这个隆重而又温馨的场合，我依然不能切实理解六十这个年龄的特殊含义，然而六十岁毕竟是人生的一个最重要的年龄区段。按照我们传统文化和传统习俗的意思，是耳顺，是感悟，是悟道，是忆旧的年龄。这也许是前人归纳的生命本身的规律性特征。我不可能违抗生命规律。但我现在最明确的一点是，力戒这些传统和习俗中可能导致平庸乃至消极的东西。我比任何年龄区段上更强烈更清醒的意识是，对新的知识的追问，对正在发生着的生活运动的关注。这既是作为一个作家的生命意义所在，也是我这个具体作家最容易触发心灵中的那根敏感神经的颤动的。

  我唯一恳求上帝的，是给我一个清醒的大脑。而今天所有前来聚会的朋友和我的亲人，就是怀着上帝的意愿来和我握手的。

皮鞋·鳝丝·花点衬衫

第一次到上海是1984年,大概是5月。上海文艺出版社举办"《小说界》第一届文学奖"颁奖活动,我的第一部中篇小说《康家小院》荣幸获奖,便得到走进这座大都市的机缘,心里踊跃着兴奋着。整整二十年过去,尽管后来又几次到上海,想来竟然还是第一次留下的琐细的记忆最为经久,最耐咀嚼,面对后来上海魔术般的变化,常常有一种感动,更多一缕感慨。

第一次到上海,在我有两件人生的第一次生活命题被突破。

我买的第一双皮鞋就是那次在上海的城隍庙购买的。说到皮鞋，我有过两次经历，都不大美好，曾经暗生过今生再不穿皮鞋的想法。大约是在新中国成立前夕，西安城里纷传解放军要攻城，自然免不了有关战争的恐慌。我的一位表姐领着两个孩子躲到乡下我家，姐夫安排好他们母子就匆匆赶回城里去了。据说姐夫有一个皮货铺子，自然放心不下。表姐给我们兄妹三人各带来一双皮鞋。父亲和母亲让我试穿一下。我在屋子里走了几步就脱下来，夹脚夹得生疼，皮子又很硬，磨蹭脚后跟，走路都跷不开脚了。大约就试穿了这一次，便永远收藏在母亲那个装衣服的大板柜的底层。直到20世纪70年代初，我已经在家乡的公社里工作，仍然穿着农民夫人手工做的布鞋。

我家乡的这个公社辖区，一半是灞河南岸的川道，另一半是地理上的白鹿原的北坡。干部下乡或责任分管，年龄大的干部多被分到川道里的村子，我当时属年轻干部，十有八九都奔跑在原坡上某个坪某个沟某个湾的村子里，费劲吃苦倒不在乎，关键是骑不成自行车，全凭腿脚功夫，自然就费脚上的布鞋了。一双扎得密密实实的布鞋底子，不过一月就磨透了，后来就咬牙花四毛钱钉一页用废弃轮胎做的后掌，鞋面破了妻子可以再补。在这种穿鞋比穿衣还麻烦的情况下，妻弟把工厂发的一双劳保皮鞋送给我了。那是一双翻毛皮鞋。

我冬夏春秋四季都穿在脚上，上坡下川，翻沟踔滩，都穿着它。既不用擦油，也不必打光，乡村人那时候完全顾不得对别人的衣饰审美，男女老少的最大兴奋点都敏感在粮食上，尤其是春天的救济粮发放份额的多少。这双翻毛皮鞋穿了好几年，鞋后掌换过一回或两回，鞋面开裂修补过不知多少回，仍舍不得丢掉，几年里不知省下多少做布鞋的鞋面布和锥鞋底的麻绳儿和鞋底布，做鞋花费的工夫且不论了。到我和家庭经济可以不再斤斤计较一双布鞋的原料价值的时候，我却下决心再不穿皮鞋尤其是翻毛皮鞋了。体验刻骨铭心，双脚的脚掌和十个脚趾多次被磨出血泡，血泡干了变成厚茧，最糟糕的还有鸡眼。

　　这回到上海买皮鞋，原是动身之前就与妻子议定了的重大家事。首先当然是家庭经济改善了，有了额外的稿酬收入，也有额内工资的提升；再是亲戚朋友的善言好心，说我总算熬出来，成为有点名气的作家了，走南闯北去开会，再穿着家做的灯芯绒布鞋就有失面子了。我因为对两次穿皮鞋的切肤记忆体会深切，倒想着面子确实也得顾及，不过还是不用皮鞋而选择其他式样的鞋穿着舒服，不能光彩了面子而让双脚暗里受折磨。这样，我就多年也未动过买皮鞋的念头。"买双皮鞋。"临行前妻子说，"好皮鞋不磨脚。上海货好。"于是就决定买皮鞋了。"上海货好。"上海什么货都好，包括皮鞋。这是北方人的总体印象，连我的农民妻子都形成并且固定着这个印象。那天是一位青年作家领我逛城隍庙的。在他的热情而又内行的指导下，我买了一双当时比较高价的皮鞋，宽大而显得气派，圆形的鞋头，明光锃亮的皮子细腻柔软，断定不会让脚趾受罪，就买下来了。买下这双皮鞋的那一刻，心里就有一种感觉，我进入穿皮鞋的阶层了，类似进了城的陈奂生的感受。

　　回到西安近郊的乡村，妻子也很满意，感叹着以后出门再不会为穿什么鞋子发愁犯难了。这双皮鞋，只有我到西安或别的城市开会办事才穿，回到乡下就换上平时习惯穿的布鞋。这样，这双皮鞋似乎是为了给城里的体面人看而穿的，自然也为了我的面子。另外，乡村里黄土飞扬，穿这皮鞋需得天天擦油打磨，太费事了；在整个乡村还都顾不上讲究穿戴的农民中间，穿一双油光闪亮的皮鞋东走西逛，未免太扎眼……这双皮鞋就穿得很省，有七八年寿命，直到20世纪90年代初才换了一双新式样的。此时，我居住的乡村的男女青年的脚上，各色皮鞋开始普及。

　　我第一次吃鳝鱼，也是那次上海之行时突破的。关中人尤其是乡下人基本不吃鱼，成为外省人尤其是南方人惊诧乃至讥笑的蠢事。这是事实。这样的事实居然传到胡耀邦耳朵里，他到陕西视察时在一次会议上问道："听说陕西人不吃鱼?"其实秦岭南边的陕南人是有吃鱼传统的,确凿不吃鱼的只是关中人和陕北人。我家门前的灞河里有几种野生鱼,有两条长须不长鳞甲的鲇鱼,还有鲫鱼,稻田里的黄鳝不被当地人看作鱼类,而视为蛇的变种。灞河发洪水的时候,我看到过成堆成堆的鱼被冲上河岸,晒死在包谷地里,发臭变腐,没有谁捡拾回去尝鲜。直到20世纪50年代中期国家第一个"五年计划"实施时,西安拥来了许多东北和上海老工业区的技术人员和熟练工人,这些人因为买不到鱼而生怨气,就自制钓竿到西安周围的河里去钓鱼。我和伙伴们常常围着那些操着陌生口音的钓鱼者看稀罕。当地乡民却讥讽这些吃鱼的外省人:南蛮子是脏熊,连腥气烘烘的鱼都吃!我后来尽管也吃鱼了,却几乎没有想过要吃黄鳝。在稻田里我曾像躲避毒蛇一样躲避黄鳝,那黑黢黢的皮色,不敢想象入口会是一种什么感觉。

那天在上海郊区参观之后,晚饭就在当地一家餐馆吃。点菜时,《小说界》编辑、现任副主编的魏心宏突然兴奋地叫起来:"啊呀,这儿有红烧鳝丝!来一盘,来一盘鳝丝。"还歪过头问我,你吃不吃鳝丝,就是鳝鱼丝。我只说我没吃过。当一盘红烧鳝丝端上餐桌时,我看见一堆紫黑色的肉丝,就浮出在稻田里踩着滑溜的黄鳝时的那种恐惧。魏心宏动了筷子,连连赞叹味道真好做得真好。随之就煽动我,忠实你尝一下嘛，可好吃啦，在上海市内也很少能吃到这么好的鳝丝。我就用筷子夹了一撮鳝丝放入口里，倒也没有多少冒险的惊恐，无非是耿耿于黄鳝丑陋形态的印象罢了。吃了一口，味道挺好，接着又吃了，都在加深着从未品尝过的截然不同于猪、牛、羊、鸡肉的新鲜感觉。盛着鳝丝的盘子几乎是一扫而光，是餐桌上第一盘被吃光掠净的菜，似乎魏心宏的筷子出手最频繁。多年以后，西安稍上档次的餐馆也都有鳝丝、鳝段供食客选择了，我常常偏重点一盘鳝丝。每当此时，朋友往往会侧头看我一眼，那眼神里的诧异和好奇是不言而喻的。

还有两把小勺子，也是此行在上海城隍庙买的，不锈钢做的，把儿是扁的。从造型到拿在手里的感觉，都特别之好，不知在什么时候弄丢了一把，现在仅剩一把，依然光亮如初，更不要说锈痕了。有时出远门图得自便，我就带着这把勺子，至今竟然整整20年了。

还有一个细节，颇有点刻铭的意味。

还是那位年轻作家陪我逛街。我们随意走着，我已记不得那是条什么街什么弄了，只记得街道两边多是小店铺。陪我的青年作家随意介绍着传统风情和市井传闻，我也很难一遍记住，尽管听得颇有趣味。突然看见一个十分拥挤的场面，便停住脚步。一家小店仅一间窄小的门面，塞满了顾客，往里硬挤的人在门外拥聚成偌大的一堆。从里头往外挤的人，几乎是从对着脸拥挤的人的肩膀上爬出来，绝大多数为男性青年，亦有少数女性夹在其中，肌肤之紧密接触也不忌讳了。往外挤着的人，手里高扬着一种白底碎花的衬衫，不用解释，正是抢购这种白底上点缀着蓝的红的黄的橙的小花点的衬衫。

1984年春末夏初，上海青年男女最时髦、最新潮的审美兴奋点，是白底花点的衬衫。

十余年后，我接连两三次到上海。朋友们领我先登东方明珠电视塔，再逛浦东新区，令我眼花缭乱，目不暇接，新的景观和创造新景观的奇迹般的故事，从眼睛和耳朵里都溢出来了。我在宝钢的轧钢车间走了一个全过程，入口处看见的橙红色的钢板大约有两块砖头那么厚，到出口处的钢材已经自动卷成等量的整捆，厚薄类近厚一点的白纸，最常见的用途是做易拉罐。车间里几乎看不见一个工人，我也初识了什么叫全自动化操作。技术性的术语我都忘记了，只记住了讲解员所讲的一个事实：这个钢厂结束了中国钢铁业不能生产精钢的历史，改变了精钢完全依赖进口的局面。尽管是外行，这样的事实我不仅能听懂，而且很敏感，似乎属于本能性地特别留意，在于百年以来留下的心理亏虚太多了。

从小学生时代直到进入老龄的现在，我都在完成着这种从祖先遗传下来的先天性心理亏空的填垫和补偿过程。我们的第一台名为"解放牌"的汽车出厂了。我们有了自己生产的"红旗牌"轿车。我们的第一颗原子弹爆炸成功。我们的卫星上天了,飞船也进入太空了。我们有了国产的彩色电视和国产空调和国产电脑和国产什么什么产品。这样的消息,每一次都是对那个心理亏虚的填垫和补偿,增加一分骄傲和自信,包括制造易拉罐的这种钢材对进口依赖的打破,也属同感。我便想到,什么时候让欧美人发出一条他们也能"国产"中国的某种独门技术的产品的消息的时候,我的不断完成着填垫补偿心理亏空的过程,才能得到一个根本性的转折。

告别布鞋换皮鞋的过程发生在上海。吃第一口黄鳝的食品革命也始发于上海。这些让我的孩子听来可笑到怀疑虚实的小事,却是我这一代人体验"换了人间"这个词儿的难以轻易抹去的记忆。还有历历在目的上海青年抢购白底花点衬衫的场景,与我上述的皮鞋和黄鳝的故事差不了多少。在南方和北方、东部和西部都被灰色黑色和蓝色的中山服红卫服覆盖着的国家里,一双皮鞋一餐鳝鱼丝和一件白底花点衬衫,留给人的镂刻般的记忆,记忆里的可笑和庆幸,肯定不只属于我一个人。

黄帝陵，不可言说

正在澜沧江边行走。层层叠叠郁郁苍苍的山峰。黏稠的灰云覆盖着尖锐的和平缓的群山。混浊的江水在峡谷里一路冲溅出千姿百态瞬息万变的水花。缓坡上和河谷坝子里，散落着围墙涂成白色的四方形楼房，这是我见过的最为雄伟高大的藏族民居了。房屋周围的田野上，变成黑色的晾晒青稞的木架斜立在刚刚吐穗的青稞地里。耳边活跃着藏族男女无处不在的舞蹈的踢踏声，萦绕着交混着纳西族优雅悠扬的古乐。在这种陌生的大自然里的沉醉是极其自然的，也是无以名状的。沉醉里，突然接到诗人耿翔的电话，约我写一篇关于黄帝的短文。我不由得沉吟一声，那个青砖围垒黄土堆积的陵冢，从青山、峡谷、青稞穗和舞蹈乐曲里浮现出来，哦！

老祖宗。

记不清多少回拜谒过黄帝陵了。头一次在我年轻时，默默地围着那个枯草和积雪覆盖着的黄土冢走了一圈，竟然获得了一种绝少能有的平静沉稳的心境。那个时候在我生存的全部空间里，喧嚣着"文革"势到末途的挣扎却也更显疯狂的声音。连厕所和炕头都刷着虚妄标语的生存空间里，只有在整个民族的老祖宗的土冢前，我获得了作为一个人——活人的正常的心境。

我和家人亲戚拜谒过黄帝陵，烧一炷香，再围着那个已经修葺完整的土冢走上一圈，依然获得的是宁静和沉稳的心境。我陪着外省和海外华裔作家朋友每一次拜谒黄帝陵的时候，都要围着那个已不陌生的黄土冢走上一圈，获得宁静和沉稳。几十年过去，我对老祖宗的拜谒就固定为围绕土冢走上一圈这种形式，至今也没有写过一篇关于黄帝的文字。

在我的全部感觉里，几十年来多次拜谒的过程和拜谒之后，都没有产生企图表述的欲望。我现在才弄明白自己何以会如此，在于这位老祖宗是无法言说的，或者说在我是难以找到表述的语汇的。我观瞻过秦、汉、唐、明、清五大王朝几十位皇帝的陵墓，也是至今没有写过一篇短文。然而，没有写仅仅是我不想再说那些陈年旧事。尽管我确凿在他们或倚山或掘地或打开或依旧死封的巨大建筑面前，想到他们堪称不朽的功业和不可掩抹的巨大罪孽时感慨多多。然而，无论千古第一帝无论汉皇唐王明陵清陵里的帝王，都是可以言说的，没有一个使我产生如在黄帝陵前那种不可言说的感觉，自然也没有任何一个帝王能使我产生那种沉稳和宁静的心境。我还是想脱开史家的评断而以自家的感受来说这种纯粹属于个人的感觉上的差异，大约就出在同一个读音的皇与黄的本质性的属性上。皇是一种象征，黄却是另一种象征；皇在我的头顶需仰视需顺从需接受"皇叫你死你不得不死"的律令，黄则与我同在黄土地上可以平视可以和他比一比谁的皮肤更接近黄土的色泽……于是，几千年之后的我，在围着他的小小的黄土冢转过一圈又走过一圈的时候，获得的是宁静和沉稳。于是，我在一次又一次拜谒这位可以称为老祖宗的陵墓时，总是感到不可言说。于是，我在注目那个翠柏重荫下的黄土冢时，似乎感知到每一撮黄土每一片草叶浸洇到胸腔里的神圣的灵光，同时也自觉地接受先祖灵光的洗礼，更有透见灵魂的审视和拷问……不肖也否？

最初的晚餐

想到这件难忘的事,忽然联想到《最后的晚餐》这幅名画的名字,不过对我来说,那一次难忘的晚餐不是最后的,而是最初的一次,这就是我平生第一次陪外国人共进的晚餐。

那时候我三十出头,在公社学大寨。有一天接到省文艺创作研究室(即省作协)的电话,通知我去参加接待一个日本文化访华团。接到电话的最初一瞬就愣住了,我的第一反应是我穿什么衣服呀?我便毫不犹豫地推辞,说我在乡村学大寨的工作多么多么忙。回答说接待人名单是省革委会定的,这是"政治任务",必须完成。这就意味着不许推辞更不许含糊。我能进入那个接待作陪的名单,是因为我在《陕西文艺》(即《延河》)上刚刚发表过两个短篇小说,都是注释演绎"阶级斗争"这个"纲"的,而且是被认为演绎注释得不错的。接待作陪的人员组成考虑到方方面面,大学革委会主任、革命演员、革命工程师等,我也算革命的工农兵业余作者。陕西最具影响的几位作家几棵大树都被整垮了,我怎么也清楚我是猴子称王地被列入……

最紧迫的事便是衣服问题。我身上穿的和包袱里包的外衣和衬衣,几乎找不到一件不打补丁的,连袜子也不例外。我那时工资39元,连我在内养活着一个五口之家,添一件新衣服大约两年才能做到。为接待外宾而添一件新衣造成家庭经济的失衡,太划不来了。我很快拿定主意,借。

借衣服的对象第一个便瞄中了李旭升。他和我同龄,个头高低身材粗细也都差不多。他的人样俊气且不论,平时穿戴比较讲究,我几乎没见过他衣帽邋遢的时候。他的衣服质料也总是高一档,应该说他的衣着代表着70年代中期我们那个公社地区的最高水平。"四清"运动时,工作组对他在经济问题上的怀疑首先是由他的穿着诱发的,不贪污公款怎么能穿这么阔气的衣服?我借了一件半新的上装和裤子,虽然有点褪色却很平整,大约是哗叽料吧,我已记不清了。衬衣没有借,我的衬衣上的补丁是看不见的。

我带着这一套行头回到驻队的村子。我的三个组员(工作组)经过一番认真的审查,还是觉得太旧了点,而且再三点示我这不是个人问题,是一个"政治影响"问题,影响国家声誉的问题……其中一位老大姐第二天从家里带来了她丈夫的一套黄呢军装,硬要我穿上试试。结果连她自己也失望地摇头了,因为那套属于将军或校官的黄呢军装整个把我装饰得面目全非了,或者是我的老百姓的涣散气性把这套军装搞得不伦不类了。我最后只选用了她丈夫的一双皮鞋,稍微小了点但可以凑合。

第二天中午搭郊区公共汽车进西安,先到作家协会等候指令。《陕西文艺》副主编贺抒玉见了,又是从头到脚的一番审视,和我的那三位工作组员英雄所见一致:太旧。我没有好意思说透,就这旧衣服还是借来的。她也点示我不能马虎穿戴,这不是个人问题而是"国家影响政治影响"的大事。我从那时候直到现在都为这一点感动,大家都首先考虑国家面子。老贺随即从家里取来李若冰的蓝呢上衣,我换上以后倒很合身。老贺说很好,其他几位编辑都说好,说我整个儿都气派了。

接待作陪的事已经淡忘模糊了,外宾是些什么人也早已忘记,只记得有一位女作家,中年人,大约长我十余岁。我第一眼瞧见她首先看见的是那红嘴唇。她挨我坐着,我总是由不得看她的红嘴唇,那么红啊!我竟然暗暗替她操心,如果她单个走在街上,会不会被红卫兵逮住像剪烫发砍高跟鞋一样把她的红嘴唇给割了削了?

那顿晚餐散席之后我累极了,比学大寨拉车挑担还累。

现在，因为工作的关系我常常接待外宾并作陪吃饭，自然不再为一件衣服而惶慌奔走告借了；再说，国家的面子也不需要一个公民靠借来的衣服去撑持了；还有，我也不会为那位日本女作家的红嘴被割削而操心担忧了，因为中国城市女人的红嘴唇已经灿若云霞红如海洋了。

三十年，感知与体验
——与邢小利对话

邢小利：新中国成立到明年就六十年了，前三十年政治运动不断，以阶级斗争为纲，后三十年改革开放，以经济建设为中心，奔小康、建设和谐社会。你的人生经历了这个全过程，你是一位亲历者，是一个过来人，我想请你从你的切身体会，或者从一些生活细节，谈谈你的生活感受，说说这"三十年河东，三十年河西"的沧桑巨变。

陈忠实：我只说一件乡村住房的生活事象。

依我生活了大半辈子的那个村子（我直到50岁出头才搬进西安）为例，解放时37户人家，到"文革"发生时的17年间，已扩大到有近50户人家的村子，只有3户盖起了宽大的两边流水的大瓦房。平常人家省吃俭用积攒多年，能盖起一边流水比较窄小的厦屋，都是全村人羡慕的大事，可以想见那3户盖起大瓦房的主人在村民中间的影响了。然而，就我亲历的感觉，村里人的反应比较冷淡。原因很简单，那3户人家建造大瓦房的举动，是绝大多数人家可望不可即的太遥远的事，或者用他们的话说是连想也不敢想的事。我很清楚那3户人家，他们中一户人家有一个在地质勘探队的儿子，另一户人家有一个在煤矿下井挖煤的儿子，都是工人这个阶层收入较高的工种，挣下钱都寄回老家了。20世纪50年代建筑材料很便宜，他们很轻易地盖起了让大部分公社社员可望不可即的大瓦房。只有第三个盖起大瓦房的主户是地道的农民。他在"三年困难时期"来临的时候，把另一个村子扔掉不种的一小块土地悄悄地栽上了红苕，获得全村人眼馋的收成，又恰好遇到普遍饥饿的非常时期，红苕的市价超过正常年景里麦子的价格。他仅仅凭着这一年捞得的外快，就盖起三间大瓦房。其余所有村民，都依赖着在生产队挣工分过日子，能吃饱且不欠生产队透支款就不错了，盖房谈何容易。即以我家来说，我哥在乡镇企业工作多年，才盖起两间土坯砌墙的厦屋。我和父母还住在祖传的老屋里，每逢下雨就用盆盆罐罐接漏水。别说盖新房，连修补旧房的资金也没有。一个基本事实摆在这个小村子的编年史上，17年里，完全依靠公社体制生活的农民，没有一户能盖起三间瓦房，已经不是谁有本领谁无本领的事了，而是在这种生产经营方式之中，任谁都不能盖起三间大瓦房来，且不作深论。

这个村子实行生产责任制是1982年秋天，到80年代中期，不过四五年时间，形成了一个盖新房的高潮，本村和邻村的匠人供不应求。谁家和谁家不做商量，一律都是砖木结构的大瓦房，或是水泥预制板的平顶大房子，并且开始出现两层小楼房，传统了不知多少年的厦屋没有谁再建造了。也是在已经潮起建造新房的颇为热闹的1986年春天，我也盖起了三间平顶新房。曾经很得意，尽管是用积攒的稿酬盖房，心理颇类近高晓声笔下造屋的李顺大。20多年过去，我祖居的这个小村子，家家户户都盖起了新房，二层小楼比比皆是。我想着重说明的一点，这个小村子处于地理交通环境中的一个死角，且不说商品经济的大话，农民进行小宗农产品交换都很不方便，比起那些环境更方便的村子的农民，还显得后进一截。尽管如此，较之公社化体制下的生活状态，也可以说是超出想象的好了。

我的直接经历的生活演变引发的感慨，不是通常的理论阐释所可代替。我上初中的1955年冬天，我的村子完成了农业合作化建制。我记着把黄牛交给农业合作社集体饲养以后的父亲坐卧不宁的样子，给黄牛添草、拌料、饮水、垫圈已成生活习惯的父亲突然闲下来,手足无措,百无聊赖。我不仅不以为然,甚至觉得他思想落后。我刚刚在中学课堂上接受了老师宣讲的"集体化是共同富裕的道路"的新鲜理论,不仅完全接受完全相信,而且充满了对明天的美好想象。今天想来,我自小所看见所经历的农家生活的艰难,是渴望改善的基础性心理,很自然地相信老师宣讲的理论了。从初中念书到高中毕业进入社会参加工作,尤其是我在基层乡村人民公社工作的十年,尽管存在这样那样的问题,包括饥饿,我都没有从理论上怀疑过"集体化道路"。对于自60年代初重提"阶级斗争"再发展到十年"文革"灾难,造成生产队这个最基础的生产单位陷入混乱和无序,架着革命名义的种种矛盾和斗争,使生产遭到数年的破坏。我尽管能看到这些问题,却仍然对"集体化道路"未曾产生怀疑。当80年代初实行责任制之初,我曾不无担心,单家小户如何实现机械化和水利化,等等。就在我自己躺在堆满小麦口袋上的那个夜晚,才把自少年时代就信奉不渝的理论淡释了。

时间过去近30年了,我的经历所引发的生活直感归于沉静。毛泽东在50年代农业合作化初期所写的大量"按语",既坚信不疑又热情洋溢,几乎全是诗性的语言,这是我信奉"集体化共同富裕道路"的理论基础。且不说"三十年河东三十年河西"这句俗话,一种美好的愿望和坚定的理论支持的信念，经过10亿农民近30年的实践，结果却是仍然由农民个体经营土地效果最好。我的心理感受很难归入"河东河西"那种感慨，又一时说不确切。还是"实践是检验真理的唯一标准"这话可靠，只是这个检验过程未免太长了。就我个人而言，从少年时期的信仰到整个青年时期投入的实践，却仅仅证明了这条道路的不可行。好在进入中年之后，我的专业转移到文学创作，那种体验和感受就具有了另外的意义和价值。

邢小利：中国的社会改革最初是从农村开始的，从你上个月才去参观考察的安徽省凤阳县小岗村起根发苗，你也长期生活和工作在农村，你对中国农村社会和农民生活是相当熟悉的，而且至今非常关注农村，研究农民。请你谈谈农村这三十年来的变化，包括农业生产经营上的、农村生活方式上的、农民文化心理上的变化。还有，你是如何认识农村城市化的。

陈忠实：中国的改革首先是由农村发起的。这是事实，也可以说业已成为历史。如果要问为什么改革会在相对落后的农村首先发生，我能想到的诸种因素中最突出的一点，便是饥饿。在此之前的中国，城市人凭粮票吃饭，有的家庭尽管也存在口粮不足的现象，但毕竟有一个虽不宽裕却可以保证基本生活的粮食，做点稀稠搭配就可以从月头过到月末不致断顿儿。农村没有这个基本保证的粮票，全靠生产队土地上的丰歉，决定家家户户碗里的稀稠以及有无。决定土地每年丰歉的直接因素，除了自然灾害之外，便是生产队的管理和经营。仅以我生活和工作的号称八百里秦川的边沿灞河岸边的农村来说，最大的一种自然灾害是干旱，却不是年年发生，一般都是隔几年才有稍微严重的一次。在这方史称粮仓的渭河平原，口粮不足始终是一个困扰家家户户的最突出的问题。记得我在公社（乡镇）工作的十余年里，每到春二三月，近一半生产队的队长紧紧盯着公社，几乎天天跑公社找领导要救济粮。谁都明白，在这样好的条件下仍然吃不饱肚子，是生产队管理和经营不好致成的。不是个别而是普遍发生管理和经营不好的现象，且是一个持续始终的问题，就没有谁再敢深究了，只是用当时流行的政治口号去解释，诸如未"突出政治"，没有抓"阶级斗争"这个"纲"，等等。就我个人而言，我相信"集体化"是中国农民共同富裕的道路，即使饥饿始终是一个难以改变的普遍现象存在着，也没有怀疑过"集体化道路"。不是胆量大小的事，确凿是一种理论的信仰。安徽小岗村的18个农民不仅怀疑了，而且做好了以生命为代价的挑战，私自实行土地分户经营。在这18户农民秘密分田到户30年之后的今年春天，我终于有机缘走进了小岗村。30年前他们冒着坐牢杀头的风险所干的事，早已通行全国所有乡村,今天听来看来颇觉不可思议。然而,在亲身经历过那个年月的我来说,却几乎有一种感同身受的心情。我握着当年策划这场分田到户事件的生产队长的手时,是真诚的崇拜和钦佩。我想到我在分田到户第一年的情景,我的妻子和孩子也分得了土地。第一个夏收的某个夜晚,我躺在堆积着装满麦子的口袋摞子上的时候,首先是一个农民的共同感觉,身下的这一堆麦子,足够畅畅快快食用三年,夏季一料收成就解决了困扰多年的吃饭问题,而且全是被称作细粮的麦子,那种喜悦和舒坦是无与伦比的。我比农民可能还多了一种感受,是自少年时期就接受并信奉不疑的"集体化道路",就在我躺在那一堆属于自己的装满麦子的口袋摞子上的夜晚淡释了,隐隐感到一个苍白的心理空洞,那是我为这个真诚的信奉做的许多工作、说的许多话、写的许多文字一旦消解,必不可少会发生的心理感觉,与彻底解除吃饭问题的舒坦心情形成一种矛盾,或者说不协调。

30年过去,吃饱穿暖早已不再成为农民的一个问题,很快凸显出来的问题是获得富裕的新途径,几乎无可选择地走向城市,尤其是青年男女。就我眼见的乡村,走进村子几乎看不到年轻人,只有老汉老婆和被儿子留下的小孩。我解开这个谜是在90年代出访美国时发生的。我乘火车从美国东部往西部旅行,正当小麦泛黄时节,田野上是一眼看不尽的麦田，却看不到一个农民聚居的印象里的村庄，只有几乎淹没在麦田里的一户农庄主的建筑物。无须介绍，我能想到这堆建筑物四周的不知几千公顷的麦田，就属于这个农场主。我也大体会算一笔大账，这么多的麦田收获的总产量，在我这个出身农家的人来说，当是一个天文数字且不论，即使一公斤麦子赚一毛钱，纯收入也是一个天文数字。我的家乡农民人均一亩地，即使亩产400公斤，即使1公斤小麦赚5毛钱，也很难致富。道理很明白，除了一家人食用，所剩余的粮食有限。我也同时明白，中国无论山区无论平原的农民，都清楚那一亩地是难得致富的，谁和谁不用商量，都奔城市挣钱去了，形成一个新的群体——农民工。这个庞大的群体承载着现代化城市建设和发展的基础性工程，铁路公路建筑以及国营私营厂家商家的用工，多为民工，他们做着最粗笨的劳动，收入的报酬大多是最低的档次，且不说干了活不给钱的事。在这个庞大的群体里，有一部分优秀分子，已经提升起来，成为某项专业的骨干，个人素质也陶冶质变，成为现代社会健全健康的新人。这是令人感奋的一个现象，在于富有中国特色的城市和乡村的融化过程，也在于乡村向城市的蜕变过程，可以想见其漫长，但毕竟发生了，也开始了。

邢小利：你从20世纪60年代就开始创作，"文革"搁笔，到了20世纪70年代中后期，又开始了文学创作，但你创作的旺盛期和成熟期则在改革开放时期。无疑，改革开放给你的文学创作带来了前所未有的历史机遇，也提供了一个比较好的文化环境和创作环境。这其中，是哪些人和事以及社会思潮对你的创作产生了重要影响，促使你的创作发生根本性的转变？你自觉地反思自己的文学事业，都是在什么情况下进行的？这种反思对后来的创作最有影响的有几次？

陈忠实：我是1965年发表散文处女作，截至"文革"发生的大约一年半时间里，发表过六七篇散文和诗歌。中止写作五六年后的"文革"后几年，作家协会又恢复工作，停刊的《延河》改为《陕西文艺》，重新出版，老作家还无法进入创作，刊物以业余作者为主体，我每年写一篇短篇小说，在《陕西文艺》发表。我把这几年的写作称作"过写作的瘾"。每年写作和发表一个短篇小说，过一过文字写作的瘾，这是我的特殊感受。我的主要工作职责是"学大寨"，常常是把被卷从这个村子背到另一个村子，或是从一个刚刚结束的农田基本建设指挥部，再搬到另一个刚刚开始的新指挥部里。1978年初夏，我在治理灞河的指挥部里，看到了《人民文学》杂志上发表的刘心武的小说《班主任》。且不说对这篇小说的读后感，心中潮起的却是一种改变我人生道路的强烈意念，这就是，文学创作可以当作一个事业来干的时代终于到来了。这是《班主任》给我艺术欣赏之外的一种前所未有的强大信息。我把八里的灞河河堤工程按期完成，便调到当时的西安郊区文化馆工作。唯一的目的，文化馆比之公社（乡镇）要宽松得多，有充裕的时间读书和写作。从这个时候起，写作不再是一年一篇的"过瘾"，而是全身心的投入和追求，是一种永久到终生的沉迷。

我第一次清醒而认真的自我创作反省，就发生在调入文化馆的1978年秋天和冬天。既然要把文学创作当作事业来干，深知自己的基本装备太差，我没有机会接受高等院校的文科教育，自学造成的文学知识的零碎和偏狭是不可避免的；尤其是我自初中喜欢文学以来，是中国文坛一年紧过一年的阶级斗争理论和极左的文艺理论一统的天下，我必须排除这些非文学因素对自身创作的限制，获得文学创作的本真意义，才可能开始真正的文学创作。我那时能想到的最切实的途径是读书，以真正的文学作品剔除极左的非文学因素对我的影响。我那时以短篇小说写作为主，就选择了契诃夫和莫泊桑。我把"文革"中查封的这两位短篇小说大家的小说集从图书馆借来，系统阅读。后来又偏重于莫泊桑的作品，唯一的因由是他以故事结构小说，比较切近我的写作实际，而契诃夫以人物结构小说的手法很难把握。我通读了莫泊桑的几本短篇小说集，又从中挑选出十来篇我最欣赏的不同风格不同结构的小说，反复阅读，解析精妙的结构形式，增长艺术见识，也扩大艺术视野。极左的非文学因素在真正的艺术品的参照性阅读中，比较自然地排除了。这种阅读持续到整个冬天，春节过后，我便有一种甚为强烈的创作欲望涌动起来，心力和气力空前充实，便开始短篇小说创作。这一年大约发表了十余篇短篇小说和小特写，其中《信任》获1979年全国短篇小说奖。

　　再一次认真的反省是由同代作家路遥的《人生》引发的。中篇小说《人生》和据此改编的同名电影，在读者中引发的广泛而强烈的反应是空前的。我在为这部小说从生活到艺术的巨大真实所倾倒的同时，意识到《人生》既完成了路遥个人的艺术突破，也完成了一个时期文学创作的突破。首先是高加林这个人物所引发的心灵呼应和共鸣，远远不止乡村青年，而是包括城市各个生活层面的青年，心灵的呼应和共鸣同样广泛同样强烈。高加林是一个此前乡村题材小说中完全陌生的形象，堪为典型。再者，《人生》突破了乡村题材小说创作的另一个普遍性局限，即迫不及待地编造和演绎政策变化带来的乡村故事，把农民丰富的内心世界囿拘于偏狭的一隅，等等。我对这两点感受尤深，在于我的创作一直和生活保持着同步运行的状态，敏感着生活发展中的每一声异响，尤其是乡村生活的演变，我也避免不掉图解政策的创作倾向。由《人生》引发的反省，使我看乡村生活的视角由单一转化为多重，且获得创作的拓宽，不再赘述。

到 20 世纪 80 年代中期的一次反省，是由一种新颖的写作理论引发的，即"人物的文化心理结构"说。我一直信奉现实主义创作最高理想，创作出典型人物来。然而，严酷无情的现实却是，除了阿 Q 和孔乙己，真正能成为典型人物的艺术形象，几乎再挑不出来。我甚至怀疑，中国四大名著把几种性格类型的典型人物普及到固定化了，后人很难再弄出一个不同于他们的典型人物来。我在 80 年代中期最活跃的百家学说争鸣过程里获益匪浅，尤其"人物文化心理结构"学说使我茅塞顿开，寻找到探究现实或历史人物的一条途径，也寻找到写作自己人物的一条途径，就是人物的本质性差异，在于文化心理结构的差别，决定着一个人的信仰、操守、追求、境界和道德，这是决定表象性格的深层基础。我把这种新鲜学说付之创作实践，完成了《白鹿原》人物的写作。为了把脉人物文化心理结构变化的准确性，我甚至舍弃了人物肖像描写的惯常手法。

我得益于新时期文艺复兴的创作浪潮的冲击，不断摈弃陈旧的创作理念，从优秀的作品和理论中获得启示，使我的创作获得一次又一次突破。我个人的心态也决定着创作的发展，我一直在自卑和自信的交替过程中运动，每一次成功的反省使我获得寻找的勇气和激情，也获得自信；而太过持久的自信，反而跌入自卑的阴影之中；要解脱自卑，唯一的出路就是酝酿新的反省，寻求艺术突破的新途径。

邢小利：你的长篇小说《白鹿原》大约从1986年开始构思和进行艺术准备，1988年动笔，1992年完成。这一段时间正是中国社会由风云激荡的80年代向冷静现实的90年代转变之时，市场经济逐渐取代计划经济，社会心理包括一些作家的创作心态都比较浮躁，你当时的心理状态是什么样的？你怎么能、怎么敢沉下心来，居于乡间，写你的《白鹿原》？《白鹿原》之所以顺利问世并获得强大的社会反响，与当时的社会情势比如邓小平南方谈话有无关系？有多大关系？

陈忠实：我的心态用两个字可以概括，就是沉静。

我之所以能保持一种沉静的写作心态，与我对文学创作的理解有关。1982年末，我获得了专业创作的条件。我当时最直接的心理反应只有一点，我已经走到自己人生的最理想境地，可以把创作当作自己的主业来做了，而且名正言顺。这件具有人生重大转折意义的好事的另一面，便是压力，甚至可以说成是压迫，必须写出好作品来，不然就戴不起"专业作家"这顶被广泛注目的帽子。我几乎同时就作出了符合我个人实际的选择，不仅不搬进作协大院，反而从城镇回归乡下老家，可以平心静气地读书，可以回嚼我在区和乡镇20

年工作积累的生活，也可以避开文坛不可或缺的是是非非，免得扰乱心境空耗生命。我家当时的条件很差，住房逢雨必漏，我的经济收入还无法盖一幢新房子，更不敢奢望有一间写作的书房。我在一间临时搭建的小屋里，倚着用麻绳捆绑固定四条腿的祖传的方桌，写我的小说，而且自鸣得意，有蛋要下的母鸡是不会择窝的，空怀的母鸡即使卧到皇帝的金銮殿上，还是生不出蛋来。

我住在乡下却不封闭自己，尤其是文学界一浪迭过一浪的新鲜理论和新鲜流派我都关注。80年代的中国文学是最活跃的时期，有人调侃说那些新的流派是"各领风骚一半年"。我虽然不可能今天跟这个流派明天又跟那个流派，但各种流派的最具影响的代表作我都要读，一在增长见识，扩大艺术视野，二在取其优长，丰富我的艺术表现手段。譬如"寻根文学"，我曾经兴趣十足地关注其思路和发展，最后颇觉遗憾，它没有继续专注于民族文化这个大根去寻找，却跑到深山老林孤寺野涯里寻找那些传奇荒诞遗事去了。我反倒觉得应该到人口最密集的乡村乃至城市，去寻找民族文化之根，寻找这个民族的精神和心灵演变的秘史，《白鹿原》的创作思考，这是一个诱因。

在《白鹿原》构思和写作的6年时间里，是我写作生涯最为专注也最为沉静的6年。这种沉静的心态不是有意的，而是自然形成的。决定于两个因素。首先是这部作品的内容，正面面对我们民族最痛苦也最伟大的一次更新，即从业已腐朽不堪的封建帝制到人民共和国的彻底蜕变，我感受到一种自以为独自的体验和理性的理解，也产生了以往写作中从未有过的庄严感，很自然地转化为沉静的写作心态。再者，纯粹出于自己追求文学创作的心理感受，我计划这部长篇小说需3年写完，那时我就跨进被习惯上称作老汉的年龄区段了，第一次感觉到生命的短促和紧迫，似乎在平生追求的文学创作上还没写出自己满意的小说，忽然就老了。我的切痛之感也发生了，如果死时没有自己满意的一部小说垫棺作枕，我一生的文学梦就做空了。我是为着死时有一本可以垫棺作枕的书进入这部小说创作的，社会上潮起的诸如"文人要不要下海"的讨论，基本涉及不到我的心态。我只是注重一点，把已经意识到的内容充分表达出来，不要留下遗憾，这是形成沉静的写作状态的又一个纯属个人的因素。

在写完这部小说时曾有一点担心，怕出版社发生误读不能出版，1991年被普遍看作是文艺政策有"收"的倾向。在我对小说作最后的润色和校正的1992年初，一个早春的早晨，我用半导体收听每天必不可缺的新闻联播时，听到了邓小平南方谈话，竟然从屋子里走到院子，仰脸看刚刚呈现到屋檐上的霞光，心里涌出的一句话是，这部小说可以投稿给出版社了。

邢小利：《白鹿原》发表和被移植到不同的艺术形态后，你的文学心路历程是怎样的？

1. 你的文学观念有无变化或深化（包括从各种改编中意识到的）？

2. 你的文学事业的设计有无更新？

3. 你对自己所取得的文化影响力（包括获茅盾文学奖）是如何认识、评价和使用的？

4. 你是怎样和新生代作家在文学活动中相互对话、交往的？

5. 面对大众文化的冲击和商业文化的侵蚀，加之一些文化机构的官僚化，你有无一种"文化无聊"的感觉？这些和你既有的艺术人格有无冲突？你是如何应对的？

6. 文学依然神圣的信仰有无变化？

陈忠实：这部小说接近完成时我曾奢望过，如果能顺利出版，有可能被改编为电视连续剧，其他艺术形式的改编几乎没有设想过。果然，《白鹿原》刚刚面世，南方北方和陕西当地有四五家电视制作人找我谈电视连续剧改编。出乎我的意料，最早看好的电视连续剧改编至今未有着落，倒是不曾预料甚至完全料想不到的几种艺术形式都改编完成了。最早改编并演出的是秦腔《白鹿原》，接着是连环画，稍后是话剧和舞剧，还有完全意料不到的30多组《白鹿原》雕塑，电影《白鹿原》已经搞了七八年，现在还未进入拍摄阶段。在两家广播电台几次连播之后，今年初西安广播电台又以关中地方语播出。作为作者，这是远远超出期待的劳动回报。我不止一次很自然地发生心里感动，也反省作为平生不能舍弃的文学创作的原本目的，在我只有一点，就是把自己对现实和历史的独有感知和独自理解表述出来，和读者实现交流，交流的范围越广泛，读者阅读的兴趣越大并引发呼应，这是全部也是唯一的创作目的的实现，是无形的却也是最令我心地踏实的奖赏，创作过程的所有艰难以至于挫折，都是合理的。我收到很多读者来信和电话，往往会为他们对某个人物某个情节的理解而深为心动，丝毫也不逊色各种奖励。决定一部小说生命力长久短暂的唯一因素，是读者，这是任谁都无可奈何的冷峻的事实。

下面依次回答你的几个问题。

一、关于文学理念。

这个题目太大，我只说感知最深的一点。作家要体验生活，这是常挂在嘴上的话。我至今仍然相信这个话，但应承认体验生活的各种不同的方式。我在80年代末到90年代初，意识到了作家的生活体验和生命体验的巨大差异。这是我从阅读中领悟出来的。我觉得实现生活体验的作品很多，而能完成生命体验的作品是一个不成比例的少数；对一个作家来说，有一部作品进入生命体验的层面，却无法保证再有创作都能保持在生命体验的层面。让我感到最富启发的是前捷克作家米兰·昆德拉的几部小说，从《玩笑》到《生命中不能承受之轻》，昆德拉实现了从生活体验到生命体验的升华，或者如同从蚕到蛾的破茧而出的飞翔的自由。《生命》之后的小说，似乎又落在生活体验的层面上。

我对颇有点神秘的生命体验难以作出具体的阐释，却相信从生活体验进入生命体验的诸多因素中，作家的思想是至关重要的一个。思想决定着作家感受生活的敏锐性，也决定作家理解生活的深度，更决定着对生活理解的独特性，也可以看作是作家对生活的独自发现。那些在我感知到生命体验的作品，无不是深刻的思想令人震撼，倒不在通常所见的曲折情节或生活习俗的怪异所能奏效。即使生活体验的小说，也因作家思想的因素决定着作品的深刻程度，这在同一时期的同类题材的作品中，分明可见。譬如《创业史》在十七年的农村题材的一批小说中，柳青是开掘深刻体验深刻的佼佼者，在于他的思想的深刻性和独到性，且不说艺术。

二、关于文学事业的设计。

《白鹿原》刚面世时，记得我和李星的一次对话中谈到，往后将以长篇小说创作为主。这是当时的真实打算。我在新时期文艺复兴的头几年,集中探索短篇小说的各种表述形式;在第一个中篇小说《康家小院》于1982年末顺利写成之后,便涨起中篇小说写作的浓厚兴趣,偶尔穿插写着适宜短篇素材的小说;在《白鹿原》顺利出版并获得较热烈的评说时,很自然地发生对长篇小说创作的兴趣,曾想试验长篇小说的不同艺术表述形式。连我自己也始料不及,这种兴趣很快消解,甚至连中短篇小说写作的兴趣也张扬不起来,倒是对散文写作颇多迷恋,写了不少感时忆旧的散文。我没有强迫自己硬写,倒有一种自我解脱的托词,中国现在不缺长篇小说。

三、关于文化影响力。

这是一个在你之前没有谁向我提出过的问题。我没有稍微认真地想过这件事。我只有一些直感的事象,诸如读者对这部小说的阅读兴趣,从出版时的畅销到持续至今十五年的长销,我走到东部西部南方北方所感受到文学圈外的社会各层面的读者的热情,切实感觉到作为一个仅写出一部长篇小说的作家的荣幸。

这些事象给我的最直接的影响,就是要写被读者普遍感兴趣的作品,即使一个短篇或一篇散文,也得有真实感受,不可忽悠读者。我也钦佩茅盾文学奖评委,在《白鹿原》一度发生某些误读的情势下,坚持使其评奖,显示的是一种文学精神。

我没有使用这种影响力做个人的事,倒是应邀参与过一些社会文化活动。

四、关于和新生代作家的对话和交往。

我尊重各个年龄层面的作家的创作,这不是个人修养或处世姿态,而是由我的整个学习创作历程决定的。我从写作小散文到写短篇再到长篇小说,从业余作者到专业作家,从没什么影响到有一定影响,其中免不了大大小小的挫折。依着这个过程的人生体验和对文学创作不断加深的理解,我敬重各个年龄层面上正在探索自己艺术道路的作家。

我和新生代作家的交流方式是阅读他们的作品。我对他们作品的基本态度,是多看他们的用心所在,发现他们独有的艺术特质,并予以彰显。但我把握一个基本准则,绝不乱吹,以至像某些抛出的彩球、高帽把作者自己都吓住了。我面对作品,基本不考虑与作者的远近或亲疏。

五、关于大众文化和商业文化。

你提出的这个问题,我已和不少人讨论过。我先讲一个对我颇多启发的经历。我十多年前到美国,有一次从东部到西部的火车旅行。火车站台上有一个自动售书台,乘客上车时花小钱拿一本书到车上读,到目的地下车时,我看到不少人把书扔到门口的一只箱子里。据说,有一些专门写作这类供旅客在旅途解闷打发时间的读物的作家，经济收益颇丰。可以想见这类包括小说在内的读物会是什么内容，海明威的作品肯定不会摆在那里。

商业社会产生商业文化是必然的。纯文学作家不要太在意商业文化对自己的威胁，倒是应该涨起自信，以自己的艺术魅力拥有读者。要相信人群中有大量不甘局限于消遣阅读的读者。

六、关于"文学依然神圣"的信仰。

"文学依然神圣"这个话是我在1994年说的。那时候之所以说这种话，就是文学已经面临着商品经济的冲击，也面对着商业文化的冲击，文学似乎不仅不神圣，甚至被轻淡了。我缺乏对正在发生着的社会气象的理论判断，往往会找参照物来做参考。我那时所能选择的参照对象便是欧美那些老牌商品经济的国家，他们的纯粹作为商品赚钱的文化和艺术品制作，太久也太发达了，枪战片、色情片和荒诞片，卖到世界的各个角落。然而并不妨碍产生一个又一个伟大作家和伟大作品。可以看出一个基本事实，商品文化和有思想深度的纯文学各行其道，各自赢得各自的读者；谁既然取代不了谁，证明着社会人群的多重需要。我想我们也会是这样。"文学依然神圣"这话说过十四五年后的今天，我们的快餐性的消费文化已经获得大面积的多样化的繁荣，而依然追求纯文学理想的作家创作的作品，更是一个空前繁荣的态势，单是长篇小说，每年据说有两千部出版。我很感动，有多少有名的和暂且无名却待时破土而出的年轻作家，全心专注于神圣的文学追求啊！我被他们感动着，怕是很难变了。

重读《家》，一个时代的标志
——写在巴金百岁华诞

比较清楚地记得是在1985年，我在报纸和刊物的阅读中，觅获到一个关于小说创作的新鲜理论，叫作"文化心理结构"。我竟然一下子被这个学说折服了。

20世纪80年代中期，当是新时期以来文坛最活跃最富创造活力的一个时段，各种新鲜的新潮理论和种种前所未闻的主义的试验文本一浪高过一浪，令人目不暇接。我之所以被"文化心理结构"说折服，完全是出于对自己创作状态的把握和反省。我那阵儿正兴趣十足地写作着中篇小说，正在探试着现实主义艺术方法的新的张力的种种可能性,不可避免地苦恼着如何达到现实主义高层境界所规定的两个"典型",即"典型环境里的典型人物"。"文化心理结构"说正好在我不无苦恼的探求过程里,提供了塑造人物的一条新的途径,即从文化的角度去研究去解析你要创造的人物的心理结构形态,进而准确地把握人物的心理秩序,达到揭示人物心理真实的艺术效果,性格的典型性才会成为可能。

我十分自然地用这个学说解读中国新文学的经典读本。从实际写作的意义上说,阿Q成为一个空前绝后的典型,恰是鲁迅洞穿中国人的文化心理结构而创造成功的一种令人惊骇的典型标本。即如短篇小说《风波》里的七斤,被剪掉辫子后的惶然无着手足无措的行为,正是以辫子为表征的旧的观念和价值取向所形成的超稳定性心理结构形态被颠覆了。鲁迅敏锐地抓住了一个民族发展史上划开两个时代的那个剪辫子的细节,堪为历史性细节。

我自然又联想到《家》。读这部小说时我刚刚从少年进入青年,尽管距小说出版的时间已经久远,尽管已经是新中国成立超过十年了,尽管高家深宅的生活气氛与我亲历的农家小院的生活相去甚远,我不仅没有感觉到隔膜,反而为高家三兄弟的情感历程折磨得揪心伤痛抑扬顿挫。《家》里的人物和故事,便成为至今仍然鲜活的记忆。不单是那种年龄里特有的记忆功能,同期阅读过的许多小说早已淡忘了。从已成定论的艺术评价上说,巴金创造出了那个时代中国人的典型环境和典型人物,高家深宅里老少两代主仆之间所经历所遭遇的故事,无疑是活在那个时代的中国人的普遍性精神历程,自然会发生普遍而又深刻的社会呼应,以至几十年后的我在阅读时依然发生心理的直接冲击和完全切近的感受。

几十年后,我突然冒出重新解读《家》的探试性兴趣。书没有再读,记忆里的人物和情节的大致轮廓,正好作为新的透视和解析的疏朗框架。我看出了兄弟三人的性格差异,在于封建文化、封建观念所形成的心理结构的差异上,在于各自心理结构的稳定性的差异上,在于接受新的知识、新的观念对原有的心理结构的平衡所产生的颠覆性的差异上。以同样的视角和同样的途径,我可以抵达高老爷子的心理结构形态所遭遇到的撞击所发生的颠覆。封建文化所奠定的封建道德观、价值观,被"五四"新文化所倡导的新道德观、价值观革除取代的冲撞发生时,原有的心理结构形态面临着平衡的被打破以至被颠覆。被颠覆过程中的痛苦是必然的,我们可以用"解放"用"革命"这些词汇来概括,也可以用心理结构的除旧布新来形象化表述,实质上都是完成一个心理剥离的过程。这个过程,也就是一个民族完成精神和心理的复兴复壮的过程。这样,从创作的职业角度上,我感知到巴金把握人物塑造人物的"秘笈"。不管当年有无"心理结构"说,并不重要,巴金却早已用创作实践成功地完成了这个过程。鲁迅亦然。也许这种关于小说创造中的人物"心理结构"说,正是从巴金、鲁迅等中外作家的杰出作品里归结出来的创作理论。这样,从文学的社会意义上说,《家》便成为20世纪初处于新旧两个时代交替过程的一个标志性作品,且不论它对于那个时代的深层震撼,对那个时代的挑战和感召。从文学的视镜透视和研究中国人近百年来的精神心理历程时,任何人在任何时候都会再次掀开小说《家》来。这就是文学的不朽。

我在重新解读前辈们的这些作品时,还惊讶一个小小的发现,鲁迅先生笔下的七斤剪辫子引发的惶惑无助,和巴老笔下的高家深宅大院父父子子所遭遇的痛苦和惶惑来自同一个渊源,即同一种文化同一种价值观道德观所织成的同一种心理结构形态。文化水准、职业、生存环境的差异是外在的,而心理结构的类同,决定着那个时代所有人进入心理剥离过程时的难以避免的痛苦。至今依然对我的写作具有启示,即不必把主要兴趣完全投入到诸如工人农民或其他什么身份的职业特性上,或不同地域的生活习俗上,而是关注作为人的心理形态,这才是最具沟通各种职业、各个阶层乃至各个种族心灵的东西。

巴金已经走过整整一个世纪。《家》等作品早已获得不朽。巴金也同样获得不朽。他把自己的智慧专注地投入艺术创作，以及作为一个艺术家的精神人格，肯定成为同样继续着文学创作活动的我们的楷模和警碑。

种菊小记

朋友在一家公园供职,前年送我几盆花色各异的菊花,我大为惊讶,人工竟然能培养出这样争奇斗妍的花色品种来。

花谢之后,我便将盆栽菊花送回乡下老家,移栽到小院里。一来是偷懒,免得时时操心旱涝,也少去了天天或隔天浇水的麻烦,土地里毕竟要比花盆耐得伏旱。二来是出于性情,我更喜欢那些自发自然自由生长的原生形态的草木,向来不大欣赏那种栽剪得太规整的东西,包括盆栽花木,尤其不忍心观赏那些被人为地扭曲到奇形怪状的盆景,总是产生欣赏女人小脚的错觉。这样,这几盆菊花一旦移栽到小院的泥土里,便被迫还原为野生形态,任由其发芽、长茎,任由其倒伏在地上。秋来时花儿开了,白色的更显得白,紫色的更显得紫,抽丝带钩的花瓣更显得生动。只是比原先的花要小许多了。小点就小点吧,少了修饰的痕迹,看起来我倒觉得更顺眼。

今年清明前，妻子去了一回城乡交界处死灰复燃了的古庙会，买了几团菊花的根，同样栽在小院里，一视同仁，一任其自由发展，只是不知道这几种菊花是何品种，开什么形状的花色。一团团的花根埋到地下，也就埋下了一团团的花谜，看着蓬勃起来的叶子和茎秆，常常就有揭开谜底的期待。我在这些菊花旱得叶子发蔫时，便用井水浇个透湿浇个痛快，便可耐得多日高温。入秋后一场阴雨，原有的新栽的菊花秆茎全都匍匐到地上，扑倒在院中的路径边沿，我也不想扶起它。有乡友来，建议并出主意，弄几根竹棍或树枝，把菊花枝秆儿绑扶起来。我口头应诺，却仍未实施，心里想着，它自己长得太疯太软，它自己撑持不住要扑倒在地，何必要我扶绑。再说铺地的菊花开了，当会是另一种风情，也许呢。

前不久有一次时日不长的外出。回到原下的小院时，映入眼帘的却是一片惹人的金黄，黄得那么灿烂，黄得那么鲜嫩，又黄得那么沉静，令我抑制不住心颤。记得离家时，这一丛丛古庙会上买来的菊花已呈现出繁密的骨朵花苞，我以为花期尚早，因为暑气沤热还在，起码也应在野菊花之后，不料，它率先开了，这一丛菊花的谜就这样揭开，金色铺地，花团锦簇，一团一团的金黄的花朵任性开放，直教我左看右看立着看蹲下看不忍离去。

看到这一丛铺地盛开的菊花，金黄金黄的颜色，脑海里便浮出黄巢那首广为流传的《咏菊》的诗来。说真话，我记着这首诗，却不喜欢这首诗：从表征意义上，我不赞同"我花开后百花煞"的狭隘小气。如果真应了黄巢的心愿，百花煞尽，只存留菊花，这世界就太单调太孤清了。不光在我不能忍受，恐怕任何正常的人都会不堪的。黄巢的咒语自己未能实现，却在千余年后的"文化大革命"中发生了，中国文坛百花煞尽，只准存活八个样板戏。搞到一花独放独尊，肯定会出麻烦，肯定长久不了的。从这首诗的深层说，黄巢不过是以菊花自喻，隐含着称王称霸的政治抱负。联想到刚刚做了皇帝的李自成的胡来，以及尚未完全称帝的洪秀全和他的诸王们的胡整，黄巢即使做了皇帝，肯定也强不到哪儿去。只有菊花是无辜的，向来被有风骨的文人学士暗喻明恋地作为傲霜独立品行的一种花，无端地被称帝当王心切的黄巢拉出来称了一回霸，连柔嫩可人的花瓣也被拟化为黄金盔甲。

昨日傍晚，阴霾初开，夕阳在云缝中乍泄乍收。我走出小院，走上村后的原坡，野花凄迷，蚱蜢起落，树青草也绿着，却已分明是秋的景致了。山沟里，坡坎上，一簇簇一丛丛野菊花已经含苞，有待绽放。往昔的记忆中，这山野间的菊花一旦开放，满山遍野都是望不断的金黄，我家小院里的那一丛无法比拟，任何花园里的娇生惯养的公主般的同类也是无法比拟的。那种天风地气所孕育的野菊花，其气象其烂漫其率真，都是人工或小院所难以为之的。

作菊花诗两首，以释怀，以备忘。其一：

家菊

含露凝香铺地开，小院金菊报秋来。

秋风秋雨秋阳好，顿生诗情上高崖。

其二：

野菊

何事争春斗妍态，不与桃杏一时开。

伏花凋谢香色去，抖出遍山黄花来。

最初的操练

在我先是业余后是专业的写作生涯里,后来一直把散文《夜过流沙沟》作为处女作。这篇散文发表在一九六五年初的《西安晚报》文艺副刊上,刊名可能叫《红雨》,取自毛泽东诗句"红雨随心翻作浪"。

我至今也搞不大准确"处女作"的含义,是指平生写下的第一篇作品呢,还是指公开发表的作品?我把《夜过流沙沟》作为处女作,是按后一种含义,即公开发表的第一篇散文。而此前曾经写过不少散文、诗歌、小说,都没有达到发表水平自行销毁了。而按照"处女作"的客观直接的含义,应该是指第一次写下的作品,而不管它发表与否。

其实,在后来被我作为处女作认定的《夜》文发表之前,我还发表过两次作品,而且都是发表在《西安晚报》的文艺副刊上。第一次在一九五八年秋天,我刚刚进入初中三年级,正是"大跃进"势头最猛的时候,学校几乎处于停课或半停课状态。我们一阵儿被安排到东郊的塬坡上轰打麻雀,一阵儿端着洗脸盆到灞河里去淘铁沙,一阵儿又到纺织厂周围的马路小巷及垃圾堆上去捡拾废铁。学校的校园里已经垒起了土法炼铁炉子,一伙从各个班级抽调出来的比较能干的学生和几位老师,从早到晚围着那个实在不敢恭维的小泥炉子忙活。学校前门外从生产队借来的一块田地上,栽上了一块木牌,写着亩产多少万斤的"卫星"指标,同样有一群学生和几个老师从早到晚在那块神秘的土地上折腾。我对这些轰轰烈烈的运动只感觉到很热闹,却对任何一项也插不上手,倒是对正在掀起的全民写作诗歌运动更感兴趣。我那时候已经偏爱文学,半停课的松散秩序里正好可以阅读文学作品。每逢周日回家往来的路上,沿途所过的大小村庄,靠着大路或村巷的庄稼院的围墙和房墙上,全都绘上了浪漫主义的图画并配着浪漫主义的诗歌。印象最深的是一幅诗配画,一位头裹羊肚手巾的壮汉双臂推开两座山峰,配着一首响遍全国城乡的诗歌,末尾一句是:喝令三山五岳开道,我来了。

看着骤然间魔术般变出诗画满墙的乡村,读着这样昂扬的诗句,我往往涌起亢奋和欢乐。一次作文课上,老师让大家写歌颂大跃进、人民公社、总路线"三面红旗"的诗歌,我一气写下五首,每首四句。作文本发回来时,老师给我写了整整一页评语,全是褒奖的好话。我便斗胆把这五首诗寄到《西安晚报》去。几天后,有同学在阅报栏上发现了我的名字,问是不是我寄过稿。我竟然很激动,激动到不好意思到阅报栏前去。后来被两个同学拽着到了校门前院的阅报栏,我看见了印在我名字下的四句诗。姑且按当年的概念仍然称它为诗吧,尽管它不过是顺口溜,确凿是我第一次见诸报刊的作品。

到了一九六四年,我所在的西安郊区全面开展以阶级教育为纲的"面上社教"运动。冬天里,公社团委安排春节前夕要搞文艺会演,各个村子的团支部都要出节目,我所在的农业中学也接受了任务,却犯起愁来,我根本不会排练文艺节目。情急之下,我把当地一位老贫农的家史编成一首陕西快板,找了一位口才和嗓门比较亮堂的学生,演出后颇多反响。很快,这个快板就在《西安晚报》临时开设的《春节演唱》专栏里全文发表了。

次年,即一九六五年初春,我的散文《夜过流沙沟》在《西安晚报》发表出来。我后来之所以把它作为我的处女作,主要是一种心理因素,即散文才应该是文学作品的正宗。上初三时发表的那四句顺口溜且不说了,篇幅较长的那首陕西快板,从文艺分类上属于曲艺作品,归不到文学的范畴里来。那是对一次临时任务的响应,我真正痴迷、潜心追求的是文学类里的小说、散文以及新诗歌,曲艺从来不是我写作的兴趣。

我在后来许多年里几乎没有提说过那四句顺口溜和那首陕西快板的事。在我的创作心理中,《夜》文的发表才是我真正感到鼓舞感到兴奋感到了入门意义的事情。无论如何,这三次把钢笔写的文字变为公开发表的铅字,都发生在《西安晚报》的副刊上,在我整个创作生涯中是保有永久之鲜活的记忆的。

随后,我在《西安晚报》连续发表过六七篇散文,直到"文革"开始前该报中止文艺副刊,大约有一年稍多点的时日。这是我生命历程中第一次重大的挫伤。刚刚感受到发表作品的鼓舞,刚刚以为摸得文学殿堂的门槛,那门却关上了。尽管有点残酷,美好的记忆依然美好。我记得收到过一位和我同姓的编辑的信。信的原话也大致记着:你的诗歌比起你的散文来稍微逊色。建议你先专注散文,有所突破,然后再触类旁通。这是我接到的第一封指导我的写作的信。

我那时候二十岁出头,喜欢写小说、散文和诗歌。这封信恰是在发表了我一首短诗之后写给我的。我立即就掂量出我的诗歌是令编辑勉为其难的水准,相对而言是弱于散文的。我很想当面聆听一个编辑的指导,于是便带着一篇新写的散文,登门求教给我写信的陈编辑去了。真正是诚惶诚恐的,真正是神圣而又庄严的,真正是虔诚敬重地走进西安晚报社大门的。小小的副刊编辑部里,坐着一男一女两位编辑,男的年龄稍长,女的不仅年轻,而且很漂亮,看了一眼说了一句话就不敢再看了。然后我就在陈编辑对面坐下。他话不多，赞扬了我的散文，也坦率地表示不大欣赏我的诗歌，仍然重复着信中的意见。这是"文革"前我唯一一次看见过的文学编辑和编辑室里的情景。人生总是第一次经历的事情印象最为深刻。

许多年后，在《西安晚报》的某次座谈会上见到李焱，交谈中才知道，她就是那位漂亮得让我不敢再看第二眼的年轻女编辑。她已人到中年，精干而又豁朗，成为文艺部主任了，美丽依然美丽，却不怕人看了。在我也有了欣赏美的勇气。关键在于我们的社会生活大踏步地发展前进了。遗憾的是，我曾多次打问，均得不到陈编辑调到什么地方去了。

"文革"中期，大约是一九七一年，我所工作的公社来了《西安晚报》一位记者，采访合作医疗的发展，由我陪同引路。他在知道我的名字之后很惊奇地说，听说他要到西安郊区来采访，一位姓张的编辑让他留心打听一下我。这样，我就和文艺部的张月赓认识了。他说他"文革"前也在《西安晚报》发表散文，见过我发表的几篇小散文。《西安晚报》要恢复文艺副刊了，他已调到文艺部来，便打听我，想约稿。我说我已经六七年不写这类东西了，倒是熟悉了给上边写某项工作的总结材料和公社领导的报告。他坚持不让，说我总是有文学基础的，重新试笔还是可以作为的。我便不好再推谢，却一直难以形成艺术思维并提起笔来。

拖了半年，他不断催问，不断鼓励，我终于写成了中断六七年之久的又一个"第一篇"散文《闪亮的红星》。这期间我和公社的赤脚医生到灞水之源的秦岭山中采药，闻听一位军医在山区为群众治病的诸多感人事迹，遂写成这篇散文。交给老张时，依然是诚惶诚恐。我对他说，六七年了，手生了思维也僵了，连一句生动的词儿也蹦不出来。老张却甚为满意，很快在《西安晚报》刚刚恢复的《红雨》副刊上发表，据说引起了一些反响。我明白也清醒，"文革"开始后的六七年里，文学和艺术类杂志全都停刊，报纸文艺副刊也取消了，书店里也是除了浩然的小说再见不到任何文艺书籍了。与文艺几乎绝缘了六七年的民众，在报纸上突然看到一篇散文，肯定首先会有新鲜感，绝不会是我写出了什么佳作。

对我来说，这篇艰难作成的散文的成败并不足论，重要的是把截断了六七年、干涸了六七年的那根文学神经接通了、湿润了，思维以文学的形式重新流动起来了。此后，我便有小散文不断送到老张手里。发表之后，他寄我一张最高价码的一元五角的购书证。我到指定的钟楼新华书店去，根本没有任何可以买的书，便选择了巴掌大的《新华词典》，供孩子念书用；多到一家用不完，便送亲戚朋友的孩子。我以为文学创作仅仅只是发端于人的兴趣，一根对文字尤为敏感的神经，就是由此而想到的。想想那时候不仅没有稿酬，稍有不慎便会惹出文字狱的灾祸来，我当时也搞不清为什么要点灯熬油自赔纸张劳心伤神去写这类散文和小说，后来长了些年岁才悟出是那根神经在作祟。

这种既不能获利也无什么名可言的写作，仍然在业余时间里兴味十足地继续着。我和张月赓的友谊也延续着。老张几年前已经退休，偶尔打个电话过来，不吃大菜和地方风味，却好吃洋餐肯德基。我们俩便走到格局新颖的肯德基店，吃一块鸡腿，啜一盒冰淇淋，看着周围尽是青年男女和小孩子的食客，我们两个头发稀疏灰白的半老汉，却有滋有味忆及当年在《西安晚报》文艺副刊上发稿的事。时代发展了，生活观念更新了，文学也回归到文学的本源上来了。我们尚未完全落伍，尤以这种文学结缘的友谊比什么都更令人熨帖。

报纸的文艺副刊，是专业和业余作家的一块重要园地。新文学发起之初直到解放，鲁迅为代表的作家们的许多著述，都是在报纸副刊上与读者见面的。"文革"前的十七年，陕西两家公开发行的大报——《陕西日报》和《西安晚报》的文艺副刊，成为包括我在内的业余作者操练文字的重要园地。现在刊物多了，报纸也多了，传媒工具更现代化了，然而报纸的文艺副刊仍然独具其风采。我在此向《西安晚报》的一茬接一茬的新老文艺编辑们致以真诚的祝福，你们是真正无私的幕后人杰。

活着,只相信诚实
——怀念胡采

我是在读了《从生活到艺术》之后,便记住了胡采的名字。

初学写作时,总以为作家创作是有窍门的,很神秘,我在高中念书时和同学共同组织的文学社就叫"文学写作摸门小组",却总也摸不到那个窍门。读许多成功作家的创作经验之谈,多是教导青年作者说创作无捷径更无窍门,仍然不敢全信,怀疑他们掖着藏着。读了胡采的《从生活到艺术》,才确凿踏实相信创作是无捷径更无窍门的,作家创造活动的神秘过程,就是一个如何完成从生活升华为艺术的过程。

后来又顿然醒悟,这不正是"窍门"吗?不过不是巫婆神汉弹玩于指掌间的神丹妙药和含混虚空的咒词,而是对文学创作本质规律的探索和揭示,是科学的理论建树。不仅使我这样刚刚开始习作的人得到启示而且把目光专注于此道，而且使许多颇有声名仍然苦于不能实现更大突破的作家同样得到教益，这是我那时候从这本书出版后发生的强烈反应得到的印象。

后来逐渐知晓，在文学研究和评论界，集中探究作家如何完成从生活到艺术这个既富于创造个性更富于神秘色彩领域的理论，胡采是具有开创意义的卓有建树的理论家。在教条主义和极左的文艺政策危害文学创作和文学研究的那些年月，胡采在这一领域探索的勇气，发端于一个真正的马克思主义文艺理论家的科学立场和对文学事业的赤诚。他的探索精神和探索勇气，不仅使那个时代的艺术家受到启示，更受到鼓舞，具有真正的科学品格的深层震撼。

这个名叫胡采的人，以他透彻的理论和不可猜测的形象，铸立于不断写作也不断接受退稿的我的心中。

我终于有机会坐在台下听胡采讲文学创作了。我终于有机会和这个人握手说话了：最清晰的记忆是1980年春天，这个在我心中景仰膜拜的人向我走来了。那个春天对我是最明媚美好的一个春天。我刚刚发表过十来篇短篇小说，其中的《信任》获一九七九年全国短篇小说奖。胡采乘车来到我所在的灞桥镇的文化馆，把一篇评论我的小说的文章原稿交给我，说是要当面听听我的意见，并说明是《文艺报》约他对我的小说作一评点。我现在记不清最初阅读的印象，或者根本就集中不起心力阅读那篇文章。我现在最清楚的记忆，是我总在心里反问自己，我的那几篇习作真的进入胡采的理论视野了？我也记得他平静温和地谢绝吃饭。我的又一个总体性的记忆，一座印象里的大山还原为一位睿智温厚的老者，坐在我宿舍办公合一的屋子里喝那种廉价的茶水。现在，尽管有许多关注我的理论家的专著，有读者的关爱，丝毫也不湮没1980年春天胡采走进文化馆那个破落小院的情景。

两年后我进入胡采等老一代作家工作着的作家协会。我都记不清多少次在大会小会上听他讲创作谈文学了，也记不清多少回迎面碰见时，他总是喜欢问"农村现在怎么样农民生活怎么样"一类问题。许多年过去，又过去了许多年。本月十五日中午当我赶到医院看见躺在病床上处于昏迷状态中的胡采的时候，突然想到同样进入生命即近终结时的父亲的脸。同样的痛苦，同样的痛苦下的平静。诚实劳动者们生命终结时的高贵的平静。一个一生只会作务庄稼的农民，一个堪称卓越堪称杰出的文学理论家，在他们做人的诚实的精神层面上是融通的。

《白鹿原》的创作经过

一

1982年,陕西省作家协会决定把我吸收为专业作家,从那以后我的创作历程发生了重要的转折,这个转折带来的一个重要的问题就是:这个专业作家怎么当?之前做业余作者的时候一年能写多少写多少,写得好写得差,评价高评价低,虽然自己也很关注,但总有一个"我是业余作者"的借口可以作为逃遁之路。做了专业作家之后,浮现在我眼前的,国内国外以前的经典作家不要说,近处就有柳青、王汶石、杜鹏程、魏钢焰等小说家、诗人,无论长篇、短篇、诗歌,在当时都是让我仰头相看的。跟他们站在一块儿，我的自信心无疑将面临巨大的威胁。那我应该怎么做呢？同时在那前后，陕西省作协先后引入多个专业作家，这些人先后都搬进了作协刚建好的一幢小住宅楼，可我在这个时候的选择却是回到乡下，回到我的老家。当时是周六回去，周日晚上返回机关单位，做所谓"一头沉"干部——最沉的那一头在农村。这样选择的主要原因有两点。第一个是我离开学校进入乡村社会，先当小学教师再到公社和区县机关，整整二十年，有了很多生活积累。成为专业作家后，时间可以完全由自己来支配了，可以全身心投入到创作和学习上来了。我希望找一个更安静、更少一些干扰的地方，因此就决定回到乡下。第二个回归老家的原因，就是我对自身的判断。四十岁的我和当时陕西起来的那一茬很有影响的青年作家们相比，年龄属于中等偏上，比我更年轻的有路遥、贾平凹等。当然也有几位比我年龄大的，但更多的感觉还是年龄的压力和紧迫感，我已经四十岁，再也耽搁不起。我想充分利用这个时间把之前农村的生活积累提炼出来，形成一些作品。回到乡下去，离城市远一点，和文坛保持一种若即若离的关系，既要保持文坛信息的畅通又可避免一些文坛上的是是非非，省得被一些闲话搞得心情不愉快，影响到作品构思、对生活的思考。当时想，一生的专业作家生活就在乡下度过了，没有做过进城的打算，心态很坦荡。作协分给我的四十平方米房子，我只支了一张床，连个椅子都没放。回到乡下除了正常的工资外还有稿费收入，虽然很低，但对我来说也够了，于是就把三十、五十的稿费积攒下来盖房。就像高晓声的《李顺大造屋》，这个我是深有体会，李顺大怎么造屋我就怎么造，一个铲子、一块水泥板都要去讲价。那时我是我们村里前几个盖好房子的，农民都说房子盖得阔气。其实就是砖木房子搭的水泥板。当时花了七千块钱，欠了三千块钱的债。家里面夫人孩子的户口都迁到城里了，我建这个房就是打算永远在这儿生存下去。筹备盖这个房的时候也是我创作最活跃的时期。

80年代初期和中期，我短篇小说和中篇小说写得兴趣最足、劲头最大。短篇小说意识还不太明确，就是有什么感觉、有什么体验赶紧把它写成一个短篇。到后来改写中篇小说的时候就略作调整，不是盲目去写、随意去写。我记得当时真正引发我的创作发生很大变化的是《蓝袍先生》。这个中篇小说开始前要提到1949年新中国成立以前的乡村生活和人物，这好像突然打开我的生活记忆中从来没有琢磨过的一块。蓝袍先生的父亲从小施加给他的传统乡村文化家庭的规范和教育，对他个性的养成产生了重要影响。这一下子触发了我的很多生活记忆，由此而波及乡村社会里很多人给我的最初印象。但这些根本包含不进我要写的那个中篇小说《蓝袍先生》里去，因为那篇小说在艺术上要探索的是没有大的情节结构，以人的生命和精神经历来建构的方式，这和由此激发起的生活记忆、生活积累完全是两码事。这个中篇小说写完后也引起过一些反响，然后我就开始准备长篇小说的创作，记得那是1985年年末的事。1985年春夏之交，陕西省的老领导为了促进陕西省中青年作家长篇小说的创作，专门在延安召开了"陕西长篇小说创作促进会"。主要是因为当时连续两届"茅盾文学奖"评奖，让各省的作协拿出推荐作品时陕西拿不出来了，因为没有一部长篇，全部陷在中短篇写作的热潮之中。当时省作协领导经过认真分析，认为一部分青年作家已经进入了艺术的成熟期，可以开始长篇小说的创作了，所以就开了这个促进会。这个会我参加了，开会时让大家多发言，谈写作长篇小说的计划。我记得我发言没超过两分钟，很坦率也很真诚，我说现在还没有写作长篇小说的考虑，因为我还需要中篇小说写作对文字功力、叙事能力做基本的锻炼。我当时的心态认为，长篇是一个很庄严的也是很苦、很危险的事情，不能轻举妄动。结果那年11月左右写完《蓝袍先生》，写作长篇小说的欲念突然被激发出来了。

二

创作长篇的想法激发了我要了解我生存的这块土地的欲望，尽管之前有一些生活经历。1986年春天，春节一过，我就离家去蓝田县查阅县志，当时计划查阅包围着西安这个古老城市的三个县的县志：蓝田、长安和咸宁（辛亥革命后撤销归并给长安县，但县志还在）。这些县志和后来各级党委包括人大、政协编的那些地方纪事、记录、回忆录等，让我对我生活的那块土地有了意想不到的、更真实、更贴切的了解。由于关中很大，我常说我是关中人，实际上是关中地区边缘的白鹿原地区底下的一个小山村中的人。由于西安城没有在关中东部，在关中平原的东南角，它的整个平原部分是朝西朝北射来。当时选择这三个县有一个基本考虑，就是它们包围着西安。应该说城市从古以来无论任何一个历史时期都是政治、经济、文化的中心，它辐射首先就辐射到距离它最近的土地上。通过查阅县志了解这片土地近代以来受到的辐射和影响，让我有种震撼的感觉。我举个例子：在1927年农民运动席卷中国一些省份的时候，我们都知道湖南农民运动闹得很凶，因为有毛泽东的《湖南农民运动考察报告》，但是恐怕很少有人知道陕西关中的农民运动普及到什么地步——仅蓝田一个县就有八百多个村子建立了农会组织。我当时看到这个历史资料后就感慨了一句："陕西要是有个毛泽东写个《陕西农民运动考察报告》,那么造成整个农民运动影响的可能就不是湖南而是关中了。"这里就有个很尖锐很直接的问题让人深思,关中是我们这个民族和国家封建文明发展最早的地区,也是经济形态落后、心理背负的历史沉积最沉重的地方,人很守旧,新思想很难传播,那它如何爆发出如此普及的现代农民运动呢?在县志和相关资料的搜集过程中,有一些记忆是很令人震撼的。我在蓝田查阅县志时有个意料不到的收获,就是1949年新中国成立前蓝田县志的最后一个版本,这个版本是蓝田县的一个举人牛兆濂编的。这二十多卷县志中,大概有四五卷全部是用来记载蓝田县有文字记载以来的贞妇烈女的事迹和名字的,我记得大概内容就是某某乡、某某村、某某氏,没有这个女人的真实名字,前面是她夫家的姓,后面是娘家的姓。比如一个女人姓王嫁给一个姓刘的,那就是刘王氏,这就是她的姓名。这个刘王氏十五岁出嫁、十六岁生孩子、十七岁丧夫,然后抚养孩子、伺候公婆终老没有改嫁,死时乡人给挂了个红匾。我记得大约就是这些内容,她成了贞妇烈女卷第一页的一个典型,第二第三个人与此类似。后面大都是没有任何事迹记载的,多少卷的贞妇烈女就像名单一样一个个编过去,我没耐心再看下去,突然心里产生了一种感觉:这些女人用她们整个一生的生命就只挣得了县志上几厘米长的一块位置。悲哀的是牛先生把这些人载入县志,像我这样专程来查阅县志还想来寻找点什么的后代作家都没有耐心去翻阅它,那么还有谁去翻阅呢?这时有一种说不清什么样的感觉让我拿着它一页页地翻、一页页地看,整个把它翻了一遍,我想由我来向这些在封建道德、封建婚姻之下的屈死鬼们行一个注目礼吧。也就在这一刻,我想到了要写田小娥这么一个人物,一个不是受了现代思潮的影响,也不受任何主义的启迪,只是作为一个人,尤其是一个女人,按人的生存、生命的本质去追求她所应该获得的。这是给我印象很深的一件事。第二件事就是通过翻阅资料,我心里最早冒出来一个人物,就是后来小说中的朱先生。朱先生的原型就是主编县志的牛兆濂,清末的最后一茬举人。他的家离我家大概只有八里远,隔着条灞河,他在灞河北岸我在灞河南岸。我还没有上学时,晚上父亲叫我继续在地里劳作的时候就会讲这位牛先生的故事。当地人都叫他牛才子,因为这个人从小就很聪明,考了秀才又考了举人,传说很多。在一个文盲充斥的乡村社会,对一个富有文化知识的人的理解,最后全部演绎为神秘的卜筮问卦的传说。我听我父亲讲,谁家丢了牛,找他一问,说牛在什么地方,然后去一找,牛就找着了。这样的传说很多,我很想把他写到作品中去,但最没有把握,或者说压力最大,因为这个人在整个关中地区的影响很大。他在蓝田开设的芸阁学舍相当于现在的书院,关中很多学子都投到他的门下,在 20 年代还有韩国留学生。关于他的民间传说很多,形成了创作这个人物的巨大压力。你要稍微写得不恰当,周围的读者就会说:"陈忠实写的这个人不像牛才子。"幸亏他在编县志时严格恪守史家笔法,尤其对近代以来蓝田县历史上发生的重大变化,不加任何个人观点,精确客观地叙述,都用很简练的文字把它记载下来。他也会加一些类似于今天编者按的批注,表达一些自己的观点。从那七八块编者按中,我感觉我把握到了这位老先生的心血和气质,感觉到有把握写这位老先生了。这是查阅县志的一大收获。

在创作这部小说时还有一个很重要的影响就是,那两年我运用了当时一个新潮的创作理论。某一个作家,写了一个长篇的理论文章,大致叫作"文化心理结构说"。估计也是从国外解读过来的,但这个给我很大启发,对于我正在构思的这部长篇小说具有很重要的启示意义。在那之前我一直遵循现实主义创作的基本手段,像刻画一个成功的人物、肖像描写、行为描写、语言个性化等。这个"文化心理结构说"给我揭示了另一个去塑造、刻画人物的途径,就是探究你所要写的人物内心的心理形态。就是说,人的心理具有一定的结构形态,这个心理结构形态有多种结构与支撑点,包括他的价值观、道德观、文化等。接受这个理念以后，我在构思人物的时候，尤其是对在清末民初一直到1949年以前这段时间的乡村社会的人物的把握上，受到了很大的启示。特别是几个代表我们传统文化的人物的心理形态，为了把握他们的心理结构，我基本对人物不做肖像描写，这和我以前的中短篇写作截然不同。我除了对白家、鹿家两个家族整体的特点做了一个相应的概括以外，其他人都没有个人肖像描写，甚至是由牛先生演绎过来的朱先生，也没有肖像描写。我就是要看能否不经过肖像描写，把握住心理类型的同时写活一个人物。这是对我很有启迪的一种创作理论。

另外一件我要给同学们说的是关于小说的语言。最初构思的时候想到这么多的类型、这么多的内容、那样长的时间跨度，认为写两三部书才能充分展示，但在80年代中期偏后一点那段时期，我要动笔之前，文坛上已经开始有了一种危机感。新时期文学繁荣昌盛以来最早的一次危机感，就是那时文人要不要下海的争论。我对这个话题没有兴趣，我觉得想下的就下，不想下的就继续写。但文人下海带给我另外一种危机感，就是1987年至1988年，甚至最严重的，1989年至1990年这段时间，新时期以来长篇小说出版第一次遭遇市场的冷遇，这是我记忆很深刻的一件事。报纸上好像也登过某某大作家新作仅印800册，一部长篇小说或一部中短篇小说印数不到1000册，对于任何一个正在写作的作家都是一种巨大的威胁，起码对我是一种巨大的威胁。这个威胁就直接影响到我正在构思的这个小说的篇幅问题。我原想写两三部，面对这样的市场环境，我计划压缩作品，一部完成，哪怕这部多写点字，也不要弄两部三部，这个篇幅的设计直接影响到我的文字叙述问题。因为用以往白描的写法篇幅肯定拉得很长，我唯一能想到的就是以叙述语言统贯全篇，把繁杂的描写凝结到形象化的叙述里面去，这个叙述难就难在必须是形象化的叙述，就是人物叙述的形象化。难度很大，当时自己心里没有底。在开始写作长篇之前我先写了两三个短篇试验一下，我记得最清楚的是《辘辘子客》。这部短篇写了农村的一个赌徒，带有政治赌博性质的一个赌徒，当时写这个短篇的时候就是要试验一种叙述语言，从开篇到结束不用一句对话，把对话压到叙述语言里头去完成，更不要说肖像描写和人的行为动作，必须通过作家对人物的把握把这些变成形象的叙述。试验的几个短篇，我感觉还可以，发了以后给周围的评论家看，他们都说与我以前的写作风格很不相同。我想他们最直接的感受应该就是语言叙述上的不同。我感觉这种叙述语言是缩短篇幅、减少字数、达到语言凝练效果的唯一途径。

还有一点我觉得印象深的就是关于这部作品的结构。这部作品时间跨度比较长，事件比较多，人物也比较多，结构就成为一个很重要的问题。当时,西北大学有一个比较关注我写作的老师蒙万夫教授,我把长篇小说的构思第一个透露给他,他用一句话居高临下地指导我说:"长篇的艺术就是一个结构的艺术。"我当时正担心结构问题,老教授就直接点到要害上了。这个结构该怎么结构呢?同样涉及内容和人物,因此我又静下心来读了大概十来部国外、国内比较重要的长篇,发现没有一部跟另一部结构是类似的。优秀的长篇、好的长篇都是根据题材和作家体验下的人物、事件来决定结构的,那么这结构就必须自己来创造。作家创造的意义这可能是重要的一点。

三

原来计划用三年完成的小说,实际上仅草稿就写了接近四十多万字,草稿主要是把人物和框架摆起来,把人物、意象、结构都初步定下来了。草稿只写了八个月,接下来打算用两年时间写完正式稿。草稿我是用大日记本子写的,写得很从容,不坐桌子,坐在沙发上把日记本放在膝盖上,写得很舒服,一点也不急。正式稿打算两年完成,很认真,因为几十万字,那时又没有复印机,不可能写了再抄一遍,所以我争取一遍作数,不要再修改、再抄第二遍了。写正式稿的时候心里很踏实，因为草稿在那儿放着，写得还比较顺利，本来应该两年写完，结果中间发生了一些意想不到的事，影响了我，不得不中止了两个半年。1989年4月写稿到8月正式稿就写了十二章，这书一共才三十几章。但到了1989年下半年整个半年就拿不起笔来了，因为发生了风波，我记得到离过年还剩下一月多的时间这场风波才结束。而这时我基本把前面写的都忘了，还得再看一遍，重新熟悉，让白嘉轩再回来，我就把之前写成的十二章又温习了一遍。春节前后又写了几章，刚到夏天的时候，后半年写作又中断了，又到近春节的时候，才重新温习重新写。1991年从年头到年尾除了中间高考期间为孩子上学耽误了一两个月，这一年干了一年实活，到春节前四五天画上最后一个标点符号。想想看，如果把那两个耽误掉的半年算进来应该，1990年就完成了。写作的大体经过就是这样的。

后来我接受采访时常说"三句话"，一句话就是在写这部小说的时候我基本处于一种"绷"的状态。当时那几年中短篇小说相对写得很少了，中篇基本不写了，写长篇的时候插空写个短篇。大家都能猜到可能陈忠实在写长篇，不是我要说什么高深的话，完全是我个人的写作习惯。作家的写作心态都不一样，各人有各人的特点。我在西安时，有一些作家心里刚有个构思就要赶快去找人交流，别人也可以相得益彰，提一点补充的东西，很可能会受到启发。这是一种很好的创作办法。我恰恰相反，我想到什么就努力自己去想，一般不敢给人说。不敢给人说不是害怕别人把这个给写了，而是我在对想的东西兴趣盎然的时候，如果给谁一说就把气给撒掉了，就不想写了。所以我有什么想法，直到我写完了再给别人说。后来《白鹿原》完成的时候也是这种状态，别人问我，我就说这个就跟蒸馍一样。我不知道江苏人蒸不蒸馍，不蒸馍就蒸米饭吧，不管蒸馍还是蒸米饭必须把气提足，不能跑气，跑了气馍蒸不熟，米饭也蒸不熟，夹生。我的创作状态，包括长篇和前面的中短篇都是这样的，从开始写作到完成要把这口气提住。这是一种写作习惯，无论好坏，反正对我适用。

另一句就是"给自己死的时候做枕头"的这句话。这是我在长安县查县志的时候，和一个比我年轻的作家朋友说的。那时县志都是很珍贵的版本，无论是县图书馆还是文史馆借给你的时候，只肯借一到两本，看完两本还回去再给你换两本来，一套县志往往是几十本啊。我住在8块钱一晚的旅馆里，拿着本子把县志里重要的东西一条条抄下来，抄完了再去换。抄一天这种东西比写作要累，写作有激情干起来还没有这么累。到晚上那个长安县的作家朋友赶来和我喝酒。酒喝多了的时候，他人就有点张狂，我也是。他问："你在农村的生活体验和积累还不够吗？到底要写个什么东西还把你难到跑上好几个县查阅资料。你到底想干什么？"我在农村生活了二十多年，还不包括幼年青年时期，在农村生活积累上我比柳青都骄傲，我比他深入得更多。柳青在长安县兼职了一个副书记，兼了两年就不兼了，我在公社这一级里整整干了十年，搞工程，学大寨，执行极左政策，收农民的猪和鸡，那个期间那个积累是最实在的。只是当时没有创作的打算了，"文革"中间已经没有任何希望了，只把工作当工作干。想到这些，我就随口说了一句："老哥，我想弄一个在死了以后放在棺材里可以垫头的书。"当时喝得有点高，没醉，第二天清醒以后就忘了。事隔两三年，我有幸参加中共十三大，要我担任党代表，需要在《陕西日报》上发一篇宣传基层党代表的文章，报社的人让我找一个了解我的人来写我，当时就想到了那位朋友，他接触我比较多，比较了解我。结果那位朋友就写了一篇文章，标题大致就是我酒后说的那句话。我把文章看了以后，才反问他自己是不是说过那句话。文章发了以后影响不大，很快就过去了，并没有引起人注意。到《白鹿原》小说出来了以后，这句话才开始流行起来，到处都在说。后来我反省这句话有点狂，但不是乱说狂话，完全是面对自己，我要为自己死的时候找一个枕头，与别人没有关系，完全是出于我对文学创作的热爱，包括我个人的生命意义、心理满足。从初中二年级在作文本上写小说起,经历了50年代60年代极左政治的风风雨雨,我仍然不能舍弃创作。按当时的写作计划,完成这部小说时我就49岁或者50岁了。在我当时的意识里,包括我们整个村子里的农民世界的思想意识里,50岁以后我就是老汉了,人的生命最有活力的时期就过去了。那么我50岁的时候写的这个长篇小说,如果仍然不能完成一种自我心理安慰,自己的心里肯定很失落、很空虚,到死都要留下遗憾。出于这种心理,所以我说弄一本死的时候可以放在棺材里当枕头,让我安安心心离开这个世界的书。这是第二句话。

我再说一句话。写这部小说历时四年,从草稿到正式稿两稿,大概一百万字。写完的那一天下午,往事历历在目,有一些想起来都有点后怕的感觉。历时四年,孩子从中学念到大学,我的夫人跟我在乡下坚守,给我做饭。快八十岁的母亲陪着大孩子到西安去念书,但到那年的最后几个月,母亲腿不行了,孩子和她都需要人照顾,于是夫人也进城去照顾他们了,那个空院子就剩下我一个人坚守写作。夫人从城里把馍蒸好送回乡下,最后一次离过年不到一个月了,我说这些馍吃完进城过年的时候,书肯定就写完了。腊月二十五的下午写完,我在沙发上坐半天,自己都不能确信是不是写完了,有一种晕眩的感觉。这四年时间,从早上开始写作到下午停止写作，本来按我们正常思维就应该休息了，但脑子根本休息不下来，那些人物始终在你脑子里活动着。那时，过去写作从来没有过的真实体验就是必须把白嘉轩、田小娥这些人物从我的脑子里赶出去，晚上才能睡好。作品完成时这些人物结局都是悲剧性的，对我自己的情感来说，纠结得很厉害。开始采取的方法是散步，但没有解决，这个时候真正学会了喝酒。一喝酒以后，我脑子好像就能放松，那些人物才能全部赶出去，然后好好睡一觉，才能继续写。一直延续到腊月二十五写完以后，情绪好像一下子缓不过劲来，我在沙发上坐了好长时间，抽着烟，情感总是控制不住。然后到接近傍晚的时候，我就到河滩上散步去了。走到河堤尽头，冬天的西北风很冷，我坐在那儿抽烟，一直到腿脚冻得麻木，我也有了一点恐惧感才往回走。在家的小桌子上写了整整四年，突然对家产生了恐惧感，不想回家，好像意犹未尽。我又坐在河堤的堤头上抽烟，抽了一段时间以后突然产生了很荒唐的举动。我用火柴把河堤内侧的干草一下子点着了。风顺着河堤从西往东吹过去，整个河堤内侧的干草呼啦啦一下子烧上去，在这一刻我才感觉到了一种释放，然后下了河堤就回家。回家以后一进门，我就把包括厕所灯在内的屋里所有灯都打开，整个院子都是亮的。村子里的乡亲都以为家里出了什么事呢，连着跑来几个人问。我说没什么事，就是晚上图个亮,实际是为了心里那种释放感。第二天一早我就进城了,夫人说你来了我就知道你写完了。到吃饭的时候她问:"你这个写完了要是发表、出版不了咋办?"我说如果发表不了,出版不了,我就回来养鸡。这是真话,我当时真是有这种打算。为什么呢?你投入了这么重要的精力和心思的作品不要说出版不了,就是反应平平,我都接受不了,我就决定不再当这个专业作家,重新把专业作家倒成业余,专业应该是养鸡。因为四年期间没有稿费,收入很艰难,曾经有一年,三个孩子相继上高中、上大学,暑假我拿不出三个孩子的学费,就向曾经跟我在乡下一块搞过文学的人借了2000块钱,他搞了一家乡办企业赚了钱。我当时真是感觉到,农民企业家很厉害,2000块钱就给你摔在桌子上,多豪壮啊。后来我很踏实地对夫人说:"这个小说要是能出版,肯定会有点反应,不会平白无闻。"因为我清楚我作品里写的是什么。但是我在这里很坦率地跟大家讲,这本书出版后引起的热烈反响我从来就没有想到,给我十个雄心壮志我都想不到。

四

这个书的出版过程也有点意思。书稿为什么给人民文学出版社,这完全是一种朋友间的友情和信赖。我在"文革"

期间发表了第一个短篇小说,尽管国家还处动荡之中,但已经开始恢复刊物,逐步恢复文艺创作,培养文学新人,人民文学出版社也开始恢复出版。

《人民文学》的一个编辑何启治到陕西来,找了各地的老作家,有人就说陈忠实写了一个短篇,大家都认为不错。我当时正在郊区,区委正在布置开什么生产会,然后这个编辑就到区上来找到我,他对我说:"你这个短篇我已经看了,再一扩展就是二十万字的长篇。"我当时给他吓得几乎就不敢说什么了,能发表一个短篇我当时就很欣慰了。但这个何启治的动人之处就是由此坚持不懈,回到北京以后,不断给我写信,鼓励我写长篇。坚持了半年之后,我被派到南泥湾五七干校接受劳动锻炼半年,几乎同时他也被派到西藏去做援藏干部。这样还保持着书信联系,他虽然已经不在岗位上,但还鼓励我写长篇。新时期以后,何启治跟我有一次相遇,说:"我现在再不逼你写长篇了,但咱们约定一点,你的第一个长篇,你任何时候写成,你给我。"我就答应了,所以《白鹿原》写完之前,有些出版社闻讯我有长篇,先后来找我,我都说已经答应给别人了。写完以后不到一个月就给他写了信,很快按我说的时间来了两个编辑。这两个人来西安以后还等了两天,我把最后两章梳理完,把改好的长篇交给他们以后,他们下午就离开了,到四川开个什么会,然后再回北京。因为当时出版手续不像今天，一个礼拜就可以印刷出一部长篇小说来，所以我预计最少得两个月以后才有消息，所以心里倒一直很坦然。结果大概不到二十天，我从乡下再回到城里就见到了人民文学出版社的回信。我当时以为肯定不会有什么结论，肯定是让我把稿子拿回来。结果打开一看，我几乎都不相信，大叫一声就惊坐在沙发上了。我夫人从灶房里跑过来，吓得脸都青了，我躺在那儿简直一句话都说不出来。这两个人从西安把稿子拿上以后，在火车上就看完了，看着看着就入神了。他们回到北京就给我写了这个回信，评价之好大出我的意料，心里一下子就踏实下来，那出版肯定没有问题。

对一个长篇小说表态如此之快，在我看来是非常少有的。在此之前也有一件让我感觉欣喜的事。我曾把《白鹿原》的复印稿给作家协会的一个评论家李星看过，让他给我把握一下。他跟我是同代人，打小就是哥们儿。后来我在作家协会的院子里撞见李星的时候，问他稿子看过了没有，他说看完了，我说我都不敢问你感觉如何。李星拽着我的手说："到我家里去说。"刚一进他家的门，李星转过身就跳起来说："这么大的事叫咱们给弄成了。"我听完了以后也愣在那儿。后来我调侃李星，我说："李星第一次用非文学语言评价文学作品。"

从容生活，
足够深情

山川岁月长，唯愿生活从容而不慌乱，足够深情，不负过往……

火晶柿子

我喜欢柿树。柿子好吃,这是最主要的因由。柿树不招虫害,任何害虫病菌都难以近身,大约是柿树特有的那种涩味构成了内在的天然抗拒,于是便省去了防虫治病的麻烦,也不担心农药残留的后患。柿树又很坚韧,几乎与榆槐等柴树无异,既不要求肥力和水分,也不需要任何稍微特殊的呵护。庭院里可以栽植,水肥优良的平川地里可以茁壮,土瘠水缺的干旱的山坡上、塄畔上同样蓬蓬勃勃,甚至一般柴树也畏怯的红石坡梁上,柿树仍可长到合抱粗。按照习惯或者说传统,几乎没有给柿树施肥浇水的说法。然而果实柿子却不失其甘美。

在柿树家族里,种类颇多。最大个儿的叫虎柿,大到可称出半斤。虎柿必须用慢火温水浸泡,拔去涩味儿,才香甜可口。然而慢火的火功和温水的温度要随机变换,极难把握,稍有不当就会温出一锅僵涩的死柿子，甭说上市卖钱，白送人也送不出去。再说这种虎柿还有一个致命的弱点，不能存放，温熟之后即卖即食，隔三天两日尚可，再长就坏了，属于典型的时令性水果。还有一种民间称为义生的柿子，个头也比较大，果实变红时摘下，搁置月余即软化熟透，味道十分香甜。麻烦的是软化后便需尽快出手，或卖钱或送亲友或自家享受，稍长时间便皮儿崩裂柿汁流出，不可收拾，长途运送都是比较难以解决的问题。再有一种名曰火罐的柿子，果实较小，一般不超过半两，尽管味道与火晶柿子无甚差异，却多核儿，所以不被钟爱，几乎遭到淘汰而绝种，反正我已多年不见此物了。只有火晶柿子，在柿树家族中逐渐显出优长来，已经成为独秀柿族的王牌品种了。

　　火晶，真是一个热烈而又令人富于想象的名字。火是这种柿子的色彩，单一的红，红的程度真可以用"红彤彤"来形容来喻示。我在骊山南麓的岭坡上见到过那种堪称红彤彤的景观，一棵一棵大到合抱粗的柿树，叶子已经落光掉净了，枝枝丫丫上挂满繁密的柿子，红溜溜或红彤彤的，蔚为壮观，像一片自燃的火树。火晶的名字中的火字大约由此而自然产生，晶也就无需阐释或猜想了。把火的色彩与晶字连结起来，便成为民间命名的高雅一种，恐怕只有民间的智者才会创造出这样一个雅俗共赏的柿子的名字来。

火晶柿子比虎柿比义生柿子小，比火罐柿子大，个重两余，无核。在树上长到通体变成橙黄时摘下来，存放月余便软化熟透，尤其耐得存放，保管得法的农户甚至可以保存到春节以后，仍不失其新鲜甘美的原味。食时一手捏把儿，一手轻轻掐破薄皮儿，一撕一揭，那薄皮儿便利索地完整地去掉了，现出鲜红鲜红的肉汁，软如蛋黄，却不流，吞到口里，无丝无核儿，有一缕蜂蜜的香味儿。乡间小贩摆卖火晶柿子的摊位上，常见蜜蜂嗡嗡盘绕不去，可见诱惑。

关中盛产柿子，尤以骊山为代表的临潼的火晶柿子最负盛名：一种名果的品质决定于水土，这是无法改变的常识。我家居骊山之南，白鹿原原坡之北，中间流着一条倒淌河灞水，形成一条狭窄的川道，俗称灞川，逆水而上经蓝田约五十里进入王维的辋川。由我祖居的老屋涉过灞水走过平川登上骊山南麓的坡道，大约也就半个小时。水土和气候无大差异，火晶柿子的品质也难分上下，然而形成气候形成品牌的仍然是临潼。

诺罗敦·西哈努克亲王携妻引子到西安时，参观兵马俑往来的路上，王子发现路边有农民摆的火晶柿子小摊，问及此果，陪随人员告之。回到西安下榻处，有心的接待人员已经摆放好一盘经过精心挑选的火晶柿子，并说明吃法。王子生长在热带，未见过亦未吃过北方柿子并不足怪，恰是这种中国关中的火晶柿子令其赞赏不绝，直到把一盘火晶柿子吃完，仍然还要，不管斯文且不说了，连陪随人员的劝告（食多伤胃）也任性不顾。果然，塞了满肚子火晶柿子的王子到晚上闹起肚子来，引起各方紧张，直接报告北京相关领导，弄出一场虚惊。王子虽然经历了一个难受的夜晚，离开西安时仍不忘要带走一篮火晶柿子。

这个真实的传闻流传颇广。在关中普通到不能再普通的柿子，竟然上了招待外宾的果盘，而且是高贵的王子，确实令当地人始料不及。想来也不足奇，向来都是物以稀为贵的。20世纪80年代中期，我到与临潼连界的蓝田县查阅县志时发现，清末某年，关中奇冷，柿树竟然死绝了。我得到一个基本常识，柿树原来耐不得严寒的。但那年究竟"奇冷"到怎样的程度，却是无法判断的，那时怕是连一根温度计也没有。到20世纪90年代头上，我在原下的祖屋写作《白鹿原》的时候，这年冬天冻死了一批柿树，我至今记得这年冬天的最低温度为零下十四度，持续了大约半月左右，这是几十年来西安最冷的一个冬天。村子里许多农户刚刚挂果的葡萄统统冻死了，好多柿树到春末夏初还不发芽，人们才惊呼柿树被冻死了。我也便明白，清末冻死柿树的那年冬天"奇冷"的程度，不过是零下十几度而已。

编志人在叙述"奇冷"造成的灾害时，加了一句颇带怜悯情调的话，曰：柿可当食。我便推想，平素当作水果的柿子，到了饥馑的年月里，就成为养生活命的吃食了。确凿把柿子顶做粮食的事发生在20世纪60年代初的"三年困难"时期，及十年"文化大革命"之中，临潼山上的山民从生产队分回柿子，五斤顶算一斤粮食。想想吧，作为口福消遣的柿子是一种调节和品尝，而作为一日三餐的主食，未免就有点残酷。然而，我又胡乱联想起来，被当地山民作为粮食充饥的柿子，在西哈努克的王子那里却成为珍果，可见人的舌头原本是没有什么天生贵贱的。想到近年某些弄得一点名堂的人，硬要作派出贵族状，硬要作派出龙种凤胎的不凡气象，我便担心这其中说不准会潜伏着类似火晶柿子的滑稽。

我在祖居的屋院里盖起了一幢新房，这是80年代中期的事，当时真有点"李顺大造屋"的感受。又修起了围墙，立了小门楼，街门和新房之间便有了一个小小的庭院。我便想到栽一株柿树，一株可以收获火晶柿子的柿树。

我的左邻右舍及至村子里的家家户户，都有一棵两棵火晶柿树，或院里或院外；每年十月初，由绿色转为橙黄的柿子便从墨绿的树叶中脱颖而出，十分耀眼，不说吃吧，单是在屋院里外撑起的这一方风景就够惹眼了。我找到内侄儿，让他给我移栽一棵火晶柿子树。内侄慷慨应允，他承包着半条沟的柿园。这样，一株棒槌粗的柿树便植栽于小院东边的前墙根下，这是秋末冬初最好的植树时月里做成的事。

这株柿树栽下以后，整个前院便生动起来。走出屋门，一眼便瞅见高出院墙沐着冬日阳光的树杆和树枝，我的心里便有了动感。新芽冒出来，树叶日渐长大了，金黄色的柿花开放了，从小草帽一样的花萼里托出一枚枚小青果，直到缀满枝丫的红灯笼一样的火晶柿子在墙头上显耀……期待和祈祷的心境伴我进入漫长的冬天。

20世纪50年代初我读小学时，后屋和厦房之间窄窄的过道里有一株火晶柿树，若小碗口粗，每年都有一树红亮亮的柿子撑在厦房房瓦上空。我于大人不在家时，便用竹竿偷偷打下两三个来，已经变成橙黄的柿子仍然涩涩的，涩味里却有不易舍弃的甜香。母亲总是会发现我的行为，总是一次又一次斥责，你就等不到摘下搁软了熟了吗？直到某一年，我放学回家，突然发现院里的光线有点异样，抬头一看，罩在过道上空的柿树的伞盖没有了，院子里一下子豁亮了。柿树被齐根锯断了。断茬上敷着一层细土。从断茬处渗出的树汁浸湿了那一层细土，像树的泪，也似树的血。我气呼呼问母亲。母亲也阴郁着脸，告诉我，是一位神汉告诫的。那几年我家灾祸连连，我的一个小妹夭折了，一个小弟也在长到四五岁时夭亡了，又死了一头牛。父亲便请来一位神汉，从前院到后院观察审视一番，最终瞅住过道里的柿树说：把这树去掉。父亲读过许多演义类小说，于这类事比较敏感，不用神汉阐释，便悟出其中玄机，"柿"即"事"。父亲便以一种泰然的口吻对我说，柿树栽在家院里，容易生"事"惹"事"。去掉柿树，也就不会出"事"了。我的心里便怯怯的了，看那锯断的柿树茬子，竟感到了一股鬼气妖氛的恐惧。

没有什么人现在还相信神汉巫师装神弄鬼的事了，起码在"柿"与"事"的咒符是如此。因为我的村子里几乎家家户户的院里门外都有一株或几株柿树。人在灾变连连打击下便联想到神的惩罚和鬼的作祟，这种心理趋势由来已久，也并非只是科学滞后的中国乡村人独有，许多民族，包括科学已很发达的民族也颇类同，神与鬼是人性软弱的不可避免的存在。我在前院栽下这棵柿树，早已驱除了"柿"与"事"的文字游戏式的咒语，而要欣赏红柿出墙的景致了。漫长的冬天过去了。春风日渐一日温暖起来。我栽的柿树迟迟不肯发芽。

直到春末夏初，枝梢上终于努出绿芽来，我兴奋不已，证明它活着。

只要活着就是成功，就有希望。大约两月之后，进入伏天，我终于发觉不妙，那仅仅长到三四寸长的幼芽开始萎缩。无论我怎样浇水，疏松土壤，还是无可挽回地枯死了。

这是很少有的现象，我喜欢栽树，不敢说百分之百成活，

—191

这样的情况确实极少发生。这株火晶柿子树是我尤为用心栽植的一棵树，它却死了。我久久找不出死亡的原因，树根并无大伤害，树的阴阳面也按原来的方向定位，水也及时适度浇过，怎么竟死了呢。问过内侄儿，他淡淡地说，柿树是很难移栽的，成活率极低。我原是知道这个常识的，却自信土命的我会栽活它。我犯了急功近利轻易求取成功的毛病，急于看到一棵成景的柿树。于是便只好回归到最老实之点，先栽软枣苗子，然后嫁接火晶柿子。

  一种被当地人称作软枣的苗子，是各种柿树嫁接的唯一的砧木。软枣生长十分泼势，随便甚至可以说马马虎虎栽下就活了。我便在小院的西北角栽下一株软枣，一年便长到齐墙的高度。第二年夏初，请来一位嫁接果树的巧手用俗称热粘皮的芽接法一次成功，当年冒出的正儿八经的火晶柿子的新枝，同样蹿起一人高。叶子大得超过我的巴掌，新出的绿色的杆儿竟有食指粗，那蓬勃的劲头真正让我时时感知初生生命的活力。为了防止暴风折断它的尚为绿色的嫩杆，我为它立了一根木杆，绑扶在一起，一旦这嫩杆变成褐黑色，显示它已完全木质化了，就尽可放心了。我于兴奋鼓舞里独自兴叹，看来栽成树走捷径还是不行的。这个火晶柿子树的起根发苗的全过程完成了，我也就留下了一棵树的生命的完整印象，至今难以忘怀。

这株火晶柿树后来就没有故事了。没有虫害病菌侵害，在院里也避免了牛马猪羊的骚扰，对水呀肥呀也不讲究，呼呼喇喇就长起来了，分枝分杈了，长过墙头了，形成一株青春活力的柿树了。这年冬天到来时，我离开久居的祖屋老院迁进城里去，一年难得回来几次，有一年回来正遇着它开花，四方卷沿的米黄色小花令人心动，我忍不住摘下两朵在嘴里嚼着咽下，一股带涩的甜味儿，竟然回味起背着父母用竹竿偷打下来的生柿子的感觉。

今年春节一过，我终于下定决心回归老家，争取获得一个安静吃草安静回嚼的环境。我的屋檐上时有一对追逐着求偶的咕咕咕叫着的斑鸠。小院里的树枝和花丛中常常栖息着一群或一对色彩各异的鸟儿。隔墙能听到乡友们议论天气和庄稼施肥浇水的农声。也有小牛或羊羔窜进我忘了关闭的大门。看着一个个忙着农事、忙着赶集售物的男人女人毫不注意修饰的衣着，我常常想起那些高级宾馆车水马龙衣冠楚楚口红眼影的景象。这是乡村。那是城市。大家都忙着。大家都在争取自己的明天。

我的柿树已经碗口粗了。我今年才看到了它出芽、开花、坐果到成熟的完整的生命过程。十月初，柿子日渐一日变得黄亮了，从浓密的柿树叶子里显现出来，在我的墙头上方，形成一幅美丽的风景。我此时去了一趟滇西，回来时，妻子已经让人摘卸了柿子。

　　装在纸箱里的火晶柿子开始软化。眼见得由橙黄日渐一日转变为红亮。有朋自城里来，我便用竹篮盛上，忍不住说明：这是自家树上的产物。多路客人无论长幼无论男女，无不惊叹这火晶柿子的醇香，更兼着一种自家种植收获的乡韵。看着客人吃得快活，我就想起一件有关火晶柿子的轶趣。某年到一个笔会，与一位作家朋友聊天，他说某年到陕西参观兵马俑的路上品尝了火晶柿子，尤感甘美，临走时又特意买了一小篮，带回去给尚未尝过此物的南方籍的夫人。这种软化熟透的火晶柿子稍碰即破，当地农民用剥去了粗皮的柳条编织的小篮儿装着，一层一层倒是避免了挤压。他一路汽车火车，此物不能装箱，就那么拎着进了家门，便满怀爱心献给了亲爱的夫人。揭开柳条小篮，取出上边一层红亮亮的柿子，情况顿觉不妙，下边两层却变成了石头。可以想象他的懊丧和生气之状了：事过多年和我相遇聊起此事，仍然大气难抑，末了竟冲我说，人说你们陕西人老实，怎么这样恶劣作假？几个柿子倒不值多少钱，关键是让我几千里路拎着它，却拎回去一篮子石头，你说气人不气人？这在谁也会是懊丧气恼的，然而我却调侃道，假导弹假飞船没准儿都弄出来了，陕西农民给柿篮子里塞几块石头，在中国蓬蓬勃勃的造假行业里，只能算是启蒙生或初级水平，你应该为我的乡党的开化而庆祝。朋友也就笑了。我随之自我调侃,你知道我们陕西人总结经济发展滞后的原因是什么吗?不急不躁,不跑不跳,不吵不闹,不叫不到,不给不要,所谓关中人的"十不"特性。所以说,一个兵马俑式的农民用当地称作料僵石(此石特轻)的石头冒充火晶柿子,把诸如我所钦敬的大城市里的名作家哄了骗了涮了一回,多掏了他几枚铜子,真应该庆祝他们脑瓜里开始安上了一根转轴儿,灵动起来了。

玩笑说过也就风吹雨打散了。我却总想着那些往柳条编的小篮里塞进冒充火晶柿子的石头的农民乡党,会是怎样一种小小的得意……

一九八〇年夏天的一顿午餐

一

一顿午餐，留下两个人半生的记忆。这两个人，一个是作家刘恒，一个是我。

2006年11月中旬在北京召开的中国作家协会第七次全国代表大会期间，在堪称豪华的北京饭店的过厅里，我和刘恒碰见了、相遇了，几年不见，他胖了，头发却稀疏了。心想着按他的年纪，头发不该这么稀，眼见的却稀了。对视的一瞬，都伸出手来握到一起。没有热烈的问候，也没有搂肩捶胸的亲昵举动，他似乎和我一样不善此举。刚握住手，他便说起那顿午餐，在我家乡的灞桥古镇上吃的那一碗羊肉泡馍。正说间，围过来几位作家朋友，刘恒着意强调是站在街道边上吃的。我说是的，一间门面的小饭馆容纳不下汹涌而来的食客，就站在饭馆门外的街道上吃饭，站着还是蹲着我记不清了……

这是1980年夏天的事。

这年的春节刚刚过罢，我所供职的西安郊区随区划变更为雁塔、未央和灞桥三个区。我的具体单位郊区文化馆也分为三个。我选择了离家较近的灞桥区文化馆，为着关照依赖生产队生活的老婆孩子比较方便，还有自留地须得我播种和收割。刚刚设立的灞桥区缺少办公房舍，把文化馆暂且安排到距离区政府机关近十里远的灞桥古镇上。这儿有一家电影院，用木材和红瓦建构的放映大棚，据说是1958年"大跃进"年代兴建的文化娱乐设施，地上铺的青砖已经被川流不息的脚步踩得坑坑洼洼了，既可见久远的历程，更可见当地乡民观赏电影的盛况。放映棚后边，有一排又低又矮的土坯垒墙的平房，是电影放映人员工作和住宿兼用的房子，现在腾出一半来，给我等文化馆干部入住，同时也就挂出一块灞桥区文化馆的白底黑字的招牌。我得到一间小屋，一张办公桌、两把椅子和一块床板，都是公家配备的公物，一只做饭烧水的小火炉是自购的私家财物，烧煤是按统购物资每月的定量，到3里外的柳巷煤店去购买。我那时已官晋一级，兼着区文化局副局长，舍弃了区政府给文化局分配的稍好的办公室，选择了和文化馆干部搅和在一起。我喜欢古人折柳送别的这个千古老镇，一缕温情来自桥南头的高中母校，三年读书留下的美好记忆全都浮泛出来了；另一缕情思或者说情调，来自职业爱好，多年来舞文弄墨尽管还没弄出多大的响声，尽管生活习性生活方式和当地农民差不了多少。而文人的那些酸不酸甜不甜的情调却顽固地潜在着，诸如早春到刚刚解冻的灞河长堤上漫步，看杨柳枝条上日渐萌生的黄色嫩芽，夏日傍晚把脚伸进水里看长河落日的灿烂归于模糊，深秋时节灞河滩里眼看着变得枯黄的杂草野花，每逢集日拥挤着推车挑担拉牛牵羊的男女乡民，大自然在这个古镇千百年来周而复始地演绎着绿了、枯了、暖了又冷了的景致。刚跨入20世纪80年代的古镇周边的乡民在这里聚集，呈现出从极左律令下刚刚获得喘息的农民脸上的轻松和脚下的急迫，我常常在牛马市场、木材市场和小吃摊前沉迷……我觉得傍着灞河依着一堤柳绿的古镇灞桥，更切合我的生活习性和生存心理。

  刘恒突然来了。是我在这个古镇落脚扎铺大约半年后。1980年正值酷暑三伏最难熬的季节，一个高过我半头的小伙子走进电影院后院的平房，找我，自我介绍是《北京文学》的编辑。我在让座和递茶的时候，心里已不单是感动，更有沉沉的负疚了。古镇灞桥通西安的13路公交汽车，那时候是一小时一趟，我每逢到西安赶会或办事，在车上前胸后背都被挤拥得长吸粗吁；汽车在坑坑洼洼的沙石路上左避右躲，常常抵不上小伙子骑自行车的速度。这是唯一的公共交通设施，别无选择，出租车那时还没有进入中国人的生活。刘恒肯定是冒着燥热乘坐西安到城郊的这班公共汽车来的，而且是从北京来的。我的那间宿办合用的屋子，配备两把椅子，超过两个来客我便坐在床沿上，把椅子让给客人，沙发在那时也是一个奢侈的名词。刘恒便坐在另一把椅子上，喝我递给他的粗茶。他说他来约稿。他似乎说他刚进《北京文学》做编辑不久。他说是老傅让他来找我的。说到老傅，我顿然觉得和近在咫尺的这位小伙子拉得更近了，距离和陌生感顿然大部分化释了。

二

老傅是傅用霖，年龄和我不相上下，还不上四十，大家都习惯称老傅，而很少直呼其名，多是一种敬重和信赖，他的谦和诚恳对熟人和生人都发生着这样潜在的心理影响。我和他相识在1976年那个在中国历史不会淡漠的春天。已经复刊出版的《人民文学》杂志约了8名业余作者给刊物写稿，我和老傅就有缘相识了。他不住编辑部安排的旅馆，我和他也就只见过两回面，分手后也没有书信来往。1978年秋天我从公社（乡镇）调到西安郊区文化馆，专注于阅读，既在提升扩展艺术视野，更在反省和涮涤极左的思想和极左的艺术概念，有整整3个月的时间，完全是自我把握的行为。到1979年春天，我感到一种表述的欲望强烈起来，便开始写小说，自然是短篇。正在这时，我收到老傅的约稿信。这是一封在我的创作历程中都不会泯灭的约稿信，在于它是第一封。

此前在西安的一次文学聚会上，《陕西日报》长我一辈的老编辑吕震岳当面约稿，我给了他一篇《信任》。这篇6000字的小说随之被《人民文学》转载（那时没有选刊，该杂志辟有转载专栏）。到1980年年初被评为第二届全国短篇小说奖。老吕是口头约稿。我正儿八经接到本省和外埠的第一封约稿信件，是老傅写给我的，是在中国文学刚刚复兴的新时期的背景下，也是在我刚刚拧开钢笔铺开稿纸的时候。我得到鼓舞，也获得自信，不是我投稿待审，而是有人向我约稿了，而且是《北京文学》杂志的编辑。对于从中学就喜欢写作喜欢投稿的我来说，这封约稿信是一个标志性的转折。我便给老傅寄去了短篇小说《徐家园三老汉》，很快便刊登了。这是新时期开始我写作并发表的第三个短篇小说。直到刘恒受他之嘱到灞桥来的时候，我和他再没见过面，却是一种老朋友的感觉了，通信甚至深过交手。

三

我和刘恒说了什么话，刘恒对我说了什么话，确已无从记忆。印象里是他话不多，也不似我后来接触过的北京人的口才天性。到中午饭时，我就领他去吃牛羊肉泡馍。这肯定是作为主人的我提议并得到他响应的。在电影院我住所的马路对面，有镇上的供销社开办的一家国营食堂，有几样炒菜，我尝过，委实不敢恭维。再就是8分钱的素面条和1毛5分钱的肉面条。我想有特点的地方风味饭食，在西安当数羊肉泡馍了。经济政策刚刚松动，我在镇上发现了头一副卖豆腐脑的挑担，也过了久违的豆腐脑口瘾；紧跟着就是这家牛羊肉泡馍馆开张，弥补或者说填充了古镇饮食许久许久的空缺。这家仅只一间门面的泡馍馆开张的炮声刚落，在古镇以及周围乡村引起的议论旷日持久，波及到一切阶层所有职业的男女，肯定与疑惑的争论互不妥协。这是1980年特有的社会性话题，牵涉到两种制度和两条道路的争议。无论这种争议怎样持续，牛羊肉泡馍馆的生意却火爆异常，从早晨开门便拨旺昨夜封闭的火炉，直到天黑良久，食客不仅盈门，而且是排队编号。呼喊着号码让客人领饭的粗音大响，从早到晚响个不停。尤其是午饭时间，一间门面四五张桌子根本无法容纳涌涌而来的食客，门外的人行道和上一阶土台的马路边上，站着或蹲着的人，都抱着一只大号粗瓷白碗，吃着同一个师傅从同一只铁瓢里用羊肉汤烩煮出来的掰碎了的馍块。

我领着刘恒走出文化馆所在的电影院的敞门，向西一拐就走到熙熙攘攘吃着喊着的一堆人跟前。我早已看惯也习惯了这壮观的又是奇特的聚吃景象，刘恒肯定是头一回驾临并亲眼目睹，似不可想象也无所适从吧。我早已多回在这里站着吃或蹲着吃过，便按着看似杂乱无序里的程序做起，先交钱，再拿七成熟的烧饼，并领取一个标明顺序数码的牌号，自然要申明"普通"或"优质"，有几毛钱的差价，有两块肉的质量差别。我招待远道而来的贵宾刘恒，自然是肉多汤肥的"优质"。那时候中国人还没有肥胖的恐惧，还没有减肥尿糖抽脂刮油等富贵症，还过着拿着肉票想挑肥膘肉还得托熟人走后门的光景。我便和刘恒蹲在街道边的人行道上，开始掰馍，我告诉他操作要领，馍块尽量小点，汤汁才能浸得透，味道才好。对于外来的朋友，我都会告知这些基本的掰馍要领。然而这需得耐心，尤其是初操此法者，手指别扭，捏也罢掰也罢往往很不熟练。刘恒大约耐着性子掰完了馍，由我交给掌勺的师傅。

我和刘恒就站在街道边上等待。我估计他此前没经历过这种吃饭的阵势,此后大概也难得再温习一回,因为这景象后来在古镇灞桥也很快消失了,不是吃午餐的人减少了,而是如雨后春笋般接连开张的私营饭馆分解了食客,单是泡馍馆就有四五家可供食客比对和选择;反倒是那些刚刚扔下镰刀戴上小白帽的乡村少男少女,站在饭馆门口用七成秦腔三成京腔招徕笼络过往的食客。

四

几年之后,我有幸得到专业作家的资格,可以自主支配时间,也可以不再坐班上班,自我把握和斟酌一番,便决定撤出古镇灞桥,回归到灞河上游白鹿原下祖居的老屋,吃老婆擀的面条喝她熬烧的包谷糁子,想吃一碗羊肉泡馍需得等到进城开会办事的机会。

住在乡下,应酬事少了,阅读的时间自然多了,在赠寄的一本杂志上,我发现了刘恒,有一种特别兴奋的感觉。随之又读到了《狗日的粮食》,我有一种抑压不住的心理冲动,一个成熟的禀赋独立的作家跃到中国文坛前沿了。每与本地文学朋友聊起文学动态,便说到《狗日的粮食》,也怀一份庆幸和得意,说到在灞桥街头站着或蹲着招待刘恒的那一碗泡馍,朋友听了不无惊诧和朗笑,玩笑说,你把一个大作家委屈了。我也隐隐感到,便盼着有一天能在西安最知名的百年名店"老孙家泡馍馆"招待一回,挽回小镇站吃的遗憾。这时候不仅公家有了列项的招待款,我个人的稿酬收入也水涨船高了,况且"老孙家"也得了刘华清题写的"天下第一碗"的真笔墨宝,店堂已是冬暖夏凉和细瓷雕花碗的现代化装备了,我在这儿招待过组团的兄弟省作家和单个来陕的作家朋友,却遗憾着刘恒。刘恒似乎不大走动,似乎除了一部一部引起不同凡响的作品之外,再没有其他逸事或作品之外的响动。我能获得的信息,都是他的作品所引发的话题。这样,刘恒在中国文坛的姿态,便在我心里形成了,让我无形中形成了敬重,不受年龄的限制。敬重不在年龄。

从1980年夏天初识于我的灞桥,街道边的一顿午餐,成为我们20多年深刻的记忆。这期间,我和刘恒大约有两三次相遇,每当见面握手,便说到街头的那顿午餐,一碗牛肉或羊肉泡馍。以我推想,随着经济快速发展,也随着作家腰包的不断填充,大餐、小餐、中餐、西餐乃至豪华宴会,他和我都经历过了。在他,起码我没听见对某一顿大餐的感受;在我,即使吃过什么稀罕饭菜,稀罕过后也就不稀罕了。灞桥街头的这一顿牛羊肉泡馍,之所以让两个人经久不忘,我想在于这情景发生的年代——1980年夏天,中国新的发展契机初露端倪时的一个标志性的年份,每一家私营饭馆在古镇灞桥张扬出来时的特有景观；另一因由在于这碗牛羊肉泡馍，标记着那个年月的我的消费水平，自参加工作18年第一次涨薪，拿到45元月薪了，大约发表了10多篇小说，累计有1000多元的外快稿酬了，可以请本地和外埠的朋友吃一餐泡馍了；还有一点在于，蹲或站在街道上吃泡馍的这两个人，后来都成了有点名气的作家，一个在北京，一个还在关中。这似乎才是造成记忆不泯的关键，作家微妙的生活感受；此前此后我陪过老朋友新相识包括乡村亲邻等都吃过，过后统忘记了；唯有作家不会忘记，我记着，刘恒也记着。

这回在北京饭店和刘恒握手，他开口便说起这顿牛羊肉泡馍午餐。笑罢，我突然想到，这顿街边的午餐已成为一种情结，也成为一种警示，在我千万别弄出摆显"贵族"的嗲来，当下这种发"贵族"的嗲气小成气候，那样一来，刘恒可能不再说1980年夏天古镇灞桥的午餐，也不屑于和我握手了。

也说中国人的情感

一

近日看到一位在中国作品翻译很多,知名度也很高的日本作家写的一篇短文,评说日本首相小泉纯一郎参拜靖国神社,对当年日军侵略罪行暧昧而又顽劣的态度,说小泉不能从受害国人民的情感上考虑,于是就把日韩、日中、日朝等关系弄糟糕了。

我想还有更深层也更致命的一点,在于小泉纯一郎对60年前日本在亚洲诸国所犯的侵略罪孽的认识。认识决定情感。没有对侵华侵朝等罪恶的深刻认识,就不会有对罪恶历史的自觉反省,又如何能体察"受害国"人民的情感?于是才会把给亚洲诸"受害国"造成灾难的东条英机等十恶不赦的厉鬼,作为神而年年祭拜。我在电视上看到过德国总理到被纳粹屠杀的犹太人墓前下跪的画面。那个庄重虔诚跪祭的举动,谁都能看出是强烈的情感支配,却又不仅是对被无辜屠杀的受害者的情感体察和理解,而是对希特勒法西斯这个狞厉的魔鬼在欧洲所犯罪孽的深刻反省和坦诚的忏悔。我在看到这个电视画面时曾经揣测,欧洲诸"受害国"和犹太人看到这个画面时,对德国总理应该产生基本的信赖。我又反过来揣测,如若德国总理如小泉拜祭靖国神社一样去跪拜希特勒,或者羞羞答答偷偷摸摸地"修改历史教科书",我真不敢猜断欧洲各"受害国"和犹太人会闹出什么事来。

很显然,小泉对亚洲各"受害国"人民的情感,只有在割断对靖国神社里一伙战争厉鬼的情感纠缠之后,才可能发生转移。我近日在电视上还看到一组严酷的画面,东条英机等6名被国际法庭审判为死刑的战争罪犯,一个一个被押上断头台,套上绞绳,"咚"的一声抽掉脚下的踏板,悬空吊死。这是整个世界的正义力量对邪恶的审判和惩罚。几乎同一时期,在南京制造过30万人大屠杀的谷寿夫等7名日本战犯,被中国军事法庭宣判为死刑。这7人之中有两个叫作向井敏明和野田毅的鬼子,在南京城做过一场杀人比赛,看谁先杀死100人谁就为赢家。单是这两个狰狞的厉鬼,就以杀人比赛的娱乐方式，杀死了300余名手无寸铁的南京市民。这些被中国法庭和国际法庭推上断头台的罪大恶极的厉鬼，60年后还被小泉首相当作神去参拜，作为"受害国"中国公民的我，会是一种什么情感？坦率地说，我不以为这种以鬼为神而参拜的举动滑稽可笑，因为作为一个经济大国的首相不可能在这种铁定的历史事实面前表演滑稽。我的情感里就只有鄙夷，除了鄙夷还是鄙夷。

二

在我的整个心理情感世界里，充溢着对我们民族和国家的尊严的敬重。正是60年前的抗日战争，让我真切地理解了什么叫民族尊严和民族脊梁。

60年前取得的抗日战争的胜利，是自1840年鸦片战争以来，中国人民反抗各种列强侵略战争的第一场完全彻底的胜利。在我粗浅的历史常识的印象里，总是凸显着各种名目的割地赔银的条约，百年近代史教本几乎都可以用屈辱来概括，我曾在中学学习这段史实时产生过逆反情感。八年抗日战争的胜利，确如国歌所唱的，是用整个民族的血肉筑成的新的长城。这是在血与火中铸造的民族和国家的脊梁。

我在少年时期就记住了赵一曼，刻骨铭心地记着杨靖宇饿死后从肚子里刨出来的草根树叶，还有令幼年的我感到解气的"平型关大捷"和"百团大战"。后来历史知识渐多，尤其是遇逢抗日战争胜利60周年的今天，陕西和各省的各种媒体，都向我提供了前所未闻的抗战英雄和战例史实。毛泽东和朱德领导指挥的八路军、新四军和抗日根据地的游击队，给予日寇沉重的打击早已彪炳史册。蒋介石统领的国民党军队里，有一批殊死抗击侵略的将军和士兵，至今读来、听来仍然令我心潮波涌热泪难抑。去年初，我读到徐剑铭等作家所写的纪实文学《立马中条》书稿，得知曾经为我的灞桥籍前辈乡党孙蔚如所统领的包括赵寿山、李兴中、孔从洲等陕西籍将士，当年硬是堵在潼关外的中条山，使不可一世的日本鬼子难以前进一步，而且损失惨重。我在阅读时，几次被英雄的壮举和拼死的精神感动得热泪盈眶。前不久应陕西"民革"的邀请，参加纪念抗战胜利的座谈会，我听到张居礼讲述他的父亲张灵甫将军的抗战事迹，真是气壮山河撼天动地泣鬼神般的壮勇豪烈。我不敢想象作为团长的张灵甫组织并带领敢死队和鬼子拼刺刀时的那一股豪勇；他曾经十一处负伤直到被打断腿骨还不离开战场；武汉会战中，张灵甫在德安万家岭取得大捷，被叶挺将军称为"与台儿庄、平型关鼎足而三，盛名永垂不朽"的重大胜利；国歌词作者戏剧家田汉，亲临战地采访张灵甫，创作并演出了话剧《德安大捷》。

在开赴缅甸的10万远征军里,有1万多名踊跃参战的陕西热血青年,总指挥是陕西籍将军杜聿明。在正面战场使日军第一次遭遇重创的台儿庄战役,那位挥舞大刀的敢死队队长许德厚是陕西泾阳人,正是他的大刀杀得鬼子难以前进,为中国援兵赢得了制胜的时间。我无法把那场长达8年的抗战中的英雄一一罗列出来,只是随手择出几位陕西籍的抗战英雄,他们每人都可以写成一部半拃厚的英雄纪实文本。他们是在战场上战死和在家门口被杀害的3000多万同胞的杰出人物。

中国的国歌《义勇军进行曲》,是在抗日战争中诞生的。中国人的脊梁,正是在持续8年的抗击日寇侵略的血与火的战争中挺立起来的。这是制造罪恶的"加害者"始料不及的。

三

我们不播种仇恨。不种植仇恨,却应该记住和吸取历史教训。让今天过着和平安宁日子同时享受着国家尊严的每个公民,了解曾经发生过的积弱挨打的屈辱历史,感知并铭记那些于危难中构筑和撑起民族脊梁的先辈,明白自己对国家肩承的道义和责任,进而设计并实践一条健全健康的人生道路。我甚至妄断猜想,那些落马的贪污腐败官员,如若能在伸出贪婪掠取的巴掌之前,读一读这些抗日英雄的事迹,也许会把伸出的手收回来，不致成为国家和人民的罪人，也许还能悟到手中的权力真正神圣的使命。

我又有感于一些西方右翼势力的言论了。

大约是今年以来，不断看到美国有人提出并奢谈"中国威胁"的言论观点，日本也有起哄式的响应言论。我开始读到时有点纳闷，像我这样年纪的人都清晰地记得，在"左"的建国政策造成的普遍贫穷乃至"三年困难时期"的时期，西方有一拨政客的幸灾乐祸式的鼓噪集中到一点，共产党政权把中国弄糟了。改革开放纠正了"左"的路线和政策，探索出一条适合中国发展的新途径，取得了举世瞩目的成就。然而与世界上最强大最富裕的国家比起来，中国还排在贫穷国家之列。我纳闷不解的问题是，中国穷时他说你不行，中国刚刚发展起来又说你"威胁"，那么，中国如何是好？如何才能使现在这一拨右翼政客闭上鸟嘴？譬如在我这辈人心中尚有印象的一个日本人中曾根康弘，走出首相府多年了仍然闲不下心来，由他负责的一个日本智囊机构近日发表一份警告报告，说"中国的民族主义意在主宰全世界"，"由中国来充当霸主的世界秩序"，如此等等。我又联想到日本那位作家批评小泉首相不能体察理解"受害国"人民情感的话，前首相中曾根康弘所体察理解的"受害国"之一的中国人的情感，却是说中国要充当"主宰全世界"的"霸主"。这种耸人听闻的鼓噪,被西方那些正直客观的政治评论家概括为"妖魔化中国"。这就够了,世界上有制造谎言鬼话的人,也不会缺失揭穿鬼话谎言的人。在某个意义上,还真应了中国民间一句俗话,以老鬼子的小人之心,猜度刚刚繁荣起来的"受害国"中国之怀。

暂且搁置历史的和现实的因素,也剥离开政治和经济的利益因素,我想到人类丰富而又复杂的情感里,普遍存在的一种最坏的东西——妒忌。一个国家或者一个人,贫穷积弱时被瞧不起被欺侮乃至被侵略被践踏,翻过身来挺起脊梁强盛起来,又被诽谤以至被"妖魔化",这恐怕与一些人最坏的那个妒忌心理不无关系。

退一步想,被妒忌与受屈辱不可同日而语。

记住惨痛的历史,自立自强,走自己的路,让喜欢瞎说的政客去说吧。

借助巨人的肩膀
——外国小说阅读记忆

平生阅读的第一部翻译长篇小说是《静静的顿河》。尽管时过四十多年,我仍然确信这个记忆不会有差错,人对自己生命历程中那些第一次的经历,记忆总是深刻。

从学校图书馆借这部小说时,我还不知道它是一部名著,更不了解它在苏联和世界文坛的巨大影响。那是我对文学刚刚发生兴趣的初中二年级,"反右"正在进行。我的语文老师是一位初出茅庐的中文系大学毕业生,常常在语文课上讲某位作家某位诗人被打成"右派"的事,尤其是被称为"神童"的刘绍棠被定为"右派",给我的印象最深刻了。好奇心也在同时发生,天才,神童,远远比那个我尚不能完全理解其政治内涵的"右派"帽子更多了一层神秘色彩,我十分迫急地想看看这个神童在与我差不多的年龄时写的小说。课后我就到学校图书馆查阅图书目录,居然借到了短篇小说集《山楂村的歌声》,大约是学校图书馆尚未来得及清查"右派"作家的作品。在这部小说集的"后记"里,刘绍棠说到他对肖洛霍夫的崇拜和对《静静的顿河》的喜欢。"神童"既然如此崇拜如此喜欢,我也就想见识一下这部长篇小说了。看到在图书馆书架上摆成雄壮一排的四大本《静静的顿河》,我还是抑制了自己的欲望,直等到放暑假,我才把这部大著背回乡村的家中。

我知道了地球上有一条虽然不大却很美丽的河流叫顿河。这条顿河总是具象为我家门前那条冬日清冽夏日暴涨的灞河。辽阔的顿河草原上的山冈,舒缓柔曼的起伏蜿蜒的线条,也与我面对着的骊山南麓的坡岭和白鹿原北坡的气韵发生叠印和重合。还有生动的哥萨克小伙子葛利高里,风情万种的阿克西尼亚。我那时候忙于自己的生计,每逢白鹿原上集镇的集日,先一天下午从生产队的菜园里趸批西红柿、黄瓜、大葱、茄子、韭菜等,大约50斤,天微明时挑到距家约十里的原上去,一趟买卖可赚一二元钱,整个暑假坚持不懈,开学时就可以揣着自己赚来的学费报到了。集日的间隔期里，我每天早晨和后晌背着竹条大笼提着草镰去割草，或下灞河河滩，或者爬上村庄背后白鹿原北坡的一条沟道，都会找到鲜嫩的青草。虽然因为年幼尚无为农业合作社出工的资格，而割草获得的工分比出工还要多。我在割草和卖菜的间歇，阅读顿河哥萨克的故事，似乎浪漫到不可思议。我难以理解故事里的人物和内蕴，本属正常。所有这些也许并不重要，有幸的是感受到我的生活范围以外的另一个民族的生活形态，视野抵达一个几乎找不到准确方位的遥远的顿河草原，生活在那里的人们的快乐和悲伤竟然牵动着我的情感，而我不过是卖菜割草的一个尚未成年的乡村孩子。我后来才意识到，我喜欢阅读欧美小说的偏向，就是从这一次发生逆转的，从"说时迟，那时快"的语言模式里跳了出来。

另一次难忘的阅读记忆发生在"文革"期间。我已经几年都不读小说了。"文革"一开始，以"三家村"为标志的作家们的灾难，使我这个刚刚在地方报纸副刊上发过几篇散文的业余作者，终于得出一个最现实的结论，写作是绝对不能再做的事了。我把多年来积累的日记和生活纪事，悄悄从学校背回乡下家中，在后院的茅房里烧掉了，也就把因为一句不恰当的话而招致灾难的担心解除了。我后来被借调到公社帮忙，遇见了初中教地理课的任老师。他已经升为我们公社唯一一所中学的校长,"文革"中惨遭批斗,新成立的"革委会"拒不结合他。公社要恢复"文革"中瘫痪多年的基层党支部,他也被借调来公社帮助工作,我和他就重新相聚了。我听他说来此之前在学校闲着,分配他当图书管理员。这一瞬间我竟然心里一动,久违了的好陌生的图书馆呀。他说学校的图书早已被学生拿光了,意在说他这个管理员是有名无实。我却不甘心,总还有一些书吧?他不屑地说,偷过剩下的书在墙角堆着。我终于说服了他,晚上偷偷潜入校园,打开图书馆的铁锁,不敢拉亮电灯,用事先备好的手电筒照亮,在那一堆大多被撕去了书皮的书里翻检。真是令人喜出望外,我竟然获得了《悲惨世界》《血与沙》《无名的裘德》等世界名著。我把这些书装入装过尿素的塑料袋,绑捆到自行车后架上,骑车出了学校大门,路边是农民的菜地,我如做贼得手似的畅快。我的老师再三叮嘱我,绝对不能让任何人看见这些书,我便发誓,即使不慎被谁发现再被揭露,绝不会暴露书的真实来处,打死我都不会给老师惹麻烦。

于是我就开始了富于冒险意味的阅读。这大约是20世纪70年代的事了。处于"文革"中期的整个社会氛围是难以确切描述的,我只确信一点,未曾亲自经历过的人是不可能有那种亲历者的直接感受的。大约也就在这个时候,八个样板戏里的头几个样板被推了出来。整个社会都挥舞着一把革命的铁箸,扫荡"封资修"——那些古今中外的优秀文化和文学遗产。我在一天工作之后洗了脚,插死门扣,才敢从锁着的抽屉里拿出那本被套上"毛选"外皮的小说来,进入一种最怡静也最冒险的阅读。最佳的阅读气氛是在下乡住到农民家里的时候。那时候没有电视,房东一家吃罢晚饭就上炕睡觉了,在前屋后窗此起彼伏的鼾声里,我与百余年前法国的一位市长冉阿让相识相交,竟然被他的传奇故事牵肠揪心难以成眠。抑或是陌生到无法想象的西班牙斗士,在斗牛沙场和社会沙场上演绎的悲剧人生;还有那个"多余人"裘德,倒是更能切近我的生活,尽管有种族习俗和社会形态的巨大差异,然而作为社会底层的被社会遗忘的"多余人"的挣扎……差异的共通的心灵情感,甚至可以作……农民的一个参照。许多年以后,我才……知,《无名的裘德》是欧洲文坛曾经……"多余人"文学潮流的代表作之一,……人物和很具影响的一部长篇小说,名字记不得了。

这应该是我文学生涯里真正可以称作纯粹欣赏意义上的阅读。此前和后来的阅读,至少有"借鉴"的职业性目的。此时此境下的阅读纯粹是欣赏,甚至是消遣,一种长期形成的读书习惯所导致的心理欲望和渴求。因为"文革"开始我就不再做作家梦了,四五年过来,确凿不再写过任何有文学色彩的文章。读着这些世界名著的时候,也没有诱发写作欲望或重新再做作家的梦想,然而我依然喜欢阅读。阅读这些一概被斥为"封资修黑货"的小说,耳朵里灌进的是以毛主席语录谱写的歌曲,还有样板戏的唱段,乡村树杈上的高音喇叭从早到晚都在向田野和村庄倾泻着,在我的心里,正好是无产阶级文艺和资产阶级文艺全面对抗尖锐冲突"你死我活"的双方交战的场面。我那时尚不能作出判断,以"样板戏"为代表的中国无产阶级文艺如何发展前景怎样,然而却确实发生最基本的属于常识层面上的怀疑,欧洲的无产阶级和穷人喜欢如《悲惨世界》《血与沙》《无名的裘德》等这一类作品,我不可能有任何片纸只言的资料,所在只能依常情常理来推测。依据仍然是这些文本,它们都是为劳动者呐喊的呀。我至今也无法估量发生在"文革"中间的这种最纯粹的阅读,对我后来创作的发展有何启示或意义,但有一点却是不可置疑的,欧洲作家创造的这些不朽作品,和我的情感发生过完全的融汇,也清楚了一点,除八个样板戏,还有如上述的世界名作在中国以外的世界上传诵不衰。

  还有一次发生在"文革"后期的阅读是难忘的。大约是1975年春天,我到西安电影制片厂去改编电影剧本,意外地读到了前苏联作家柯切托夫的几部长篇小说。需稍作交代,此前两年，被砸烂了的省作家协会按照上级指示开始恢复，在农村或农场经过劳动改造且被审定不是"敌我矛盾"的编辑和作家，重新回到西安着手编辑文学刊物。为了与原先的"文艺黑线"划清界限，作家协会更名为创作研究室，《延河》也改为《陕西文艺》。老作家们虽被"解放"，仍然不被信任，仍然心有余悸，"工农兵"业余作者一下子吃香了。我也正是在这时候写下了平生的第一个短篇小说，且被刚刚恢复业务的西影厂看中，拟拍成电影。我到西影厂以后，结识了几位和我一样热心创作的业余作者。记不清谁给我透露，西影厂图书资料室有几本"内部参考"小说，是供较高级领导干部阅读参考的，据说这几本小说揭露了"苏联修正主义"的内幕。我经过申请，得到有关领导批准，作为写剧本的业务参考，破例破格阅读"高干"的参考书。

第一本是《州委书记》，作者是柯切托夫。这部小说写了两个苏共的州委书记，拿我们的习惯用语说，一个实事求是做着一个州的发展和建设工作，另一个则是欺上瞒下虚夸成绩搞浮夸风。前者不断受挫，后者屡屡得手被表彰升迁等。结局是水落石出，后者受到惩治，前者得到伸张。依着今天我们的眼界来说，这部小说的主旨和人物几乎没有什么新颖之处。然而在1975年的时空下，我的震撼和兴奋几乎是难以抑制的。1975年再度加压的政治气氛，却无法堵住中国人私下的议论，包括直白的诅咒和谩骂，这应该是施虐近十年的极左路线穷途末路的一个先兆。我可以和几位朋友在私下里谈《州委书记》。我甚至以为把作品人物名字换成中国人的名字，把集体农庄换成公社或生产队，读者的感觉就会毫无差异。就当时而言，柯切托夫揭示的苏联社会问题，在中国的实际生活里更普遍也更尖锐，然而中国却集中到几乎是莫须有的"路线斗争"上。更令我惊讶的是，我们作为揭露苏共修正主义的标本，在苏联却照常销售普遍阅读，如若中国有一位写出类似作品的作家，且不说能否出版，肯定性命都难保全。

兴趣随之由作品转移到作家本身，柯切托夫创作历程中的几次转折似乎更富于参照意义。我连续在西影图书馆借到了"文革"前翻译出版的柯切托夫的两部长篇小说《茹尔宾一家》和《叶尔绍夫兄弟》，这两部小说以城市家族的角度，写产业工人在社会主义劳动中的英雄主义精神。这个以写和平建设时期的英雄而在苏联和中国都很有名气的作家，到20世纪60年代，把笔锋调转到另一个透视的角度——揭示苏共政权机关里的投机者，以至他的《州委书记》等长篇成为中国"高干"了解"苏修"社会黑幕政权质变的参照标本。柯切托夫为什么会发生这样的转变？显然不是艺术形式追求变化层面上的事，而是作家的思想发生了变化。作家思想发生了怎样的变化？是什么东西促成了柯切托夫的这种变化和视点的转移，当时找不到任何可以参考的资料。我唯一能作出判断的是，这既需要强大的思想穿透力，也需要具备思考者的勇气。

到 20 世纪 80 年代初，柯切托夫的作品重新出现在新华书店的货架上，包括曾经作"高干"内参的《州委书记》。我在从书架上抽出这本小说交款购买的简短过程里，竟然有一种无名的感叹，不过六七年时间，似乎有隔世的陌生而又亲切的矛盾心理。不久又见到《你到底要什么》，柯切托夫直面现实的思考和发问，尖锐而又严峻，令人震撼。这个书名很快在中国普及，且被广泛使用。随后又购买到了《落角》，柯切托夫的变化再一次令我惊讶，无论从思想到艺术形式，几乎让我感觉不到柯切托夫的风格了，有点隐晦，有点象征，更多着迷雾，几乎与之前的作品割断了传承和联系。转折如此之大，同样引起我的兴趣，柯切托夫自己"到底要什么"？尽管我难以作出判断，却清楚地看到一个作家思想、情感以及艺术形态的发展轨迹，早期歌颂英雄的鲜明立场和饱满的情感，转变为对生活里虚伪和丑恶的严厉批判揭露，再到对整个社会和人群发出严峻的质问，"你到底要什么"，一时成为整个社会都无法回避的问题，最后发展到晦涩的《落角》，我都不大读得懂了。自然是作家主体的思想和情感发生了变化，然而是什么东西促成了这种变化，我却无法判断。隐蔽在晦涩文字下的情绪，直接感到那个曾经洋溢着热情闪烁着敏锐思想光芒的柯切托夫可能太累了，且不断定其失望与否。这样一个曾经给我们提供过"参考"样本的作家，死亡时，苏共党魁勃列日涅夫亲自参加了他的追悼会，似乎并不计较他对苏联社会的揭露、批判、诘问和某种晦涩的失望。

20世纪80年代初，在省作协院子里，出现过一阵苏联文学热。中苏关系解冻，苏联文学作品有如开闸之水倾泻过来。北京两所外语高校编辑出版了两本专门翻译介绍苏联作家和作品的杂志《苏联文学》和《俄苏文学》，这是空前绝后的事，可见对苏联文学之热不单在我的周围发生，而是一个范围更大的普遍现象。我把这两本杂志连续订阅多年，直到苏联解体杂志停刊，可见对苏联文学的关爱之情。我通过这两本杂志和购买书籍，结识了许多苏联作家。我那时候住在乡下老家，到作家协会开会或办事，常常在《延河》编辑兼作家王观胜的宿办合一的屋子里歇脚，路遥也是这个单身住宅里的常客，我们的话题总是集中到苏联作家和作品的阅读感受上。艾特玛托夫、舒克申、瓦西里耶夫，还有颇为神秘的索尔仁尼琴，等等，各种阅读体验的交流，完成了互补和互相启示，没有做作，不见客套，其本质的获益肯定比正经八百的研讨会要实在得多。在大家谈到兴奋时，观胜会打开带木扇的立柜，取出珍藏的雀巢咖啡，这在当时称得上是最稀罕最昂贵也最时髦的饮料，犒赏每人一杯，小屋子里弥漫着烟气，咖啡浓郁的香气也浮泛开来。

我感到了面对苏联的历史和现实，不同的作家以不同的思想视角和艺术形态，展示出独立的思维和独立的体验，呈现出独有的艺术风景，柯切托夫属于其中的一景。我开始意识到要尽快逃离同一地域同代作家可能出现的某些共性，要寻求自己独自的生活体验和艺术体验，才可能发出富于艺术个性的独自的声音。真正蓄意明确的一种阅读，发生在此前几年。1978年春天，作为家乡灞河河堤水利会战工程的主管副总指挥，我住在距水不过50米的河岸边的工房里，在麦秸做垫的集体床铺上，我读到了《人民文学》发表的刘心武的《班主任》。我最直接的心理反应，用一句话来概括，创作可以当作一项事业来干的时代到来了！我在6月基本搞完这个八里河堤工程之后，留给家乡一份纪念物，就调动到文化馆去了。我到文化馆上班实际已拖到10月，在一个无人居住的残破的屋子里安顿下来，顶棚塌下来，墙上还留着墨汁写的"文革"口号，"打倒"、"砸烂"之类。我用废报纸把整个四面墙壁糊了起来，满屋子都是油墨味，真是书香四溢了。我到文化馆图书馆借书，查封了10余年的图书馆刚刚开禁。我不自觉地抽取出来一本本"文革"前翻译出版的小说。我在泛读的过程中，很自然地把兴趣集中到莫泊桑和契诃夫身上。想来也很自然，我正在练习写作短篇小说，不说长篇，连中篇写作的欲望都尚未萌生。在读过所能借到的这两位短篇大师的书籍之后，我又集中到莫泊桑身上。依我的阅读感觉来看，契诃夫以人物结构小说，莫泊桑以故事结构小说塑造人物：前者难度较大，后者可能更适宜我的写作实际。这样，我就在莫泊桑浩瀚的短篇小说里，选出十余篇不同结构形式的小说，反复琢磨，拆卸组装，探求其中结构的奥秘。我这次阅读历时三个月，大约是我一生中最专注最集中的一次阅读。这次阅读早在我尚未离开水利工地时就确定下来，是我所能寻找到的自我把握的切合实际的举措。我从《班主任》的潮声里，清楚地感知到文学创作复归艺术自身规律的趋势。我以为"文革"期间极左政治和极左的文艺政策，因为太离谱，早已天怒人怨，连普通读者和观众都背弃不信；倒是"文革"前17年里越来越趋"左"的指导创作的教条，需得一番认真的清理。我那时比较冷静地确认这样一个事实，自从喜欢文学的少年时期到能发表习作的文学青年，整个都浸泡在这17年的影响之中，关于文学关于创作的理解，也应该完成一个如政治思想界"拨乱反正"的过程。我能想到的措施就是阅读，明确地偏向翻译作品，与大师和名著直接见面，感受真正的艺术，才可能排解剔除意识里潜存的非文学因素。我曾经在10年前的一篇短文里简约叙述过这个过程，应该是我回归创作规律至关重要的一步，应该感谢契诃夫，还有莫泊桑，在他们天赋的智慧创造的佳作里，我才能较快地完成对极左的创作理论清理剔除的过程。到1979年春节过后，我的心理情绪和精神世界充实丰沛，洋溢着强烈的创作欲望，连续写下10篇短篇小说，成为我业余创作历程中难以忘却的一年。

阅读《百年孤独》也是读书记忆里的一次重要经历。我应该是较早接触这部大著的读者之一。在书籍正式出版之前，朋友郑万隆把刊载着《百年孤独》的《十月·长篇专刊》赐寄给我。我在1983年早春参加中国作协在河北涿州召开的"农村题材创作研讨会"期间，看到万隆正在校对《百年孤独》的文稿，就期盼着先睹这部刚刚获得诺贝尔文学奖的新世界文学名著。一当目触奥雷连诺那块神秘的"冰块"，我就在全新的惊奇里吟诵起来。我在尚不完全适应的叙述形式叙述节奏里，却十分专注地沉入一个陌生而神秘的生活世界和陌生而又迷人的语言世界。恕我不述这部在中国早已普及的名著初读后的诸多感受，这里只用一个情节来概括。1985年夏天，省作协在延安和榆林两地连续召开"长篇小说创作促进会"，我有几分钟的最简短的发言，直言阅读《百年孤独》的感受，大意是，如果把《百年孤独》比作一幅意蕴深厚的油画，我截至目前的所有作品顶多只算是不大高明的连环画。我的话没有形成话题,甚至没有任何反应,甚至产生错觉,以为我有矫情式的过分自贬。我也不再继续阐释,却相信这种纯粹属于自我感觉所得出的自我把握。这次阅读还有一个不期而至的效果,就是使我把眼睛和兴趣从苏联文学上转移了。

我关注有关拉美魔幻现实主义的作家和作品,尤其是介绍或阐释魔幻现实主义的资料。我随后在《世界文学》上,看到魔幻现实主义的开山大师卡朋铁尔篇幅不大的长篇小说《王国》,据介绍说这是魔幻现实主义的首创之作。同期配发了介绍卡朋铁尔创作道路的文章,我才对魔幻现实主义的创立和发展有了一个较为清晰的脉络。据说《王国》之前拉丁美洲尚无真正创造意义的文学,没有在世界上引起关注的作品和作家。《王国》第一次影响到欧洲文学界,是以其陌生的内容更以其陌生的形式引起惊呼,无法用以往的所有流派和定义来归纳《王国》,有人首创出"神奇现实主义"一词概括,且被广泛接受。《王国》引发了拉丁美洲文学新潮,面对一批又一批新作品新作家的潮涌,欧美评论界经过几年的推敲,弄出一个"魔幻现实主义"的词汇,似乎比"神奇"更能准确把脉这一地域独具禀赋的作品特质。

对我更富启示意义的是卡朋铁尔艺术探索的传奇性历程。他喜欢创作之初,就把目光紧盯着欧洲文坛,尤其是现代派。他为此专程到法国，学习领受现代派文学并开始自己的写作，几年之后，虽然创作了一些现代派作品，却几乎无声无响，没有引起任何人的注意。他在失望至极时决定回国，离去时有一句名言：现代派的旗帜下容不得我。他回到古巴不久，就专程到海地"体验生活"去了。据说他选择海地的根本理由是，这是拉丁美洲唯一一个保持着纯粹黑人移民的国家。他在那里调查研究黑人移民的历史，当然还有现实生存形态。他在海地待了几年时间我已无记，随后他就写出了拉丁美洲第一本令欧美文坛惊讶的小说《王国》。我只说这个人对我启示最深的一点，是我对乡村生活的自信被击碎了。我的生活史和工作历程都在乡村，直到读卡朋铁尔的作品，还是在祖居的老屋里忍受着断电点着蜡烛完成的。我突然意识到，我连未见过面的爷爷以及爷爷的兄弟们的名字都搞不准确，更不要说再往上推这个家庭的历史了，更不要说爷爷们曾经在我现在居住的这个屋院里的生活秩序了。我在家乡农村教书和在公社（乡）工作整整20年，恰好在改革开放之前和之后，我一直自信对新中国成立以后乡村经历的欢乐和灾难的全过程的了解和感受，包括我的父亲从自家槽头解下缰绳，把黄牛牵到初级农业合作社里的一孔废弃的窑洞改装成的饲养大槽上。这时，才意识到对于企图从农村角度述写中国人生活历程的我来说，对这块土地的了解太浮泛了。也是在这一刻,我突然很懊悔,在"文革"之初破"四旧"烧毁族谱时,至少应该将一代又一代祖宗的名字抄写下来,至少应该在父亲谢世之前,把他记忆里的祖辈们的生活故事(哪怕传闻)掏挖出来。我随之寻找村子里几位年龄最高的老者,他们都说不清来龙去脉,只有本门族里一位一字不识的老者,还记得他儿时看见过的我的爷爷的印象:高个子,后脑上留着刷刷(从板刷得到的比喻,剪辫子的残余)头发,谁跟外村人犯了纠葛,都请他出面说事;走路腰挺得很硬,从街道上走过去,在门口敞怀给娃喂奶的女人,都吓得转身回屋去了。这是他关于我爷爷的全部记忆里的印象,也是我至今所能得到的唯一一个细节。这个细节从听到的那一刻,就异常活跃地冲撞我的情感和思维,后来就成为我的长篇小说《白鹿原》主要人物白嘉轩的一个体形表征,尽管那时候还没有这部小说的构想。

几乎与此同时,中国文坛呈现出"寻根文学"的鲜活生机。我不敢判断这股文学新潮是否受到拉美文学爆炸的启示或影响,我却很有兴趣地阅读"寻根文学"作品,尽管我没有写过一篇这个新流派的小说。我后来很快发现,"寻根文学"的走向是越"寻"越远,"寻"到深山老林荒蛮野人那里去了,民族文化之根肯定不在那里。我曾在相关的座谈会上表述过我的遗憾,应该到钟楼下人群最稠密的地方去"寻"

民族的根。我很兴奋地处在20世纪80年代中期的文坛里，多种流派交相辉映，有"各领风骚一半年"的妙语概括其态势。其中有一种"文化心理结构"的创作理论，使我茅塞顿开。人是有心理结构的巨大差异的。文化决定着人的心理结构的形态。不同种族的生理体形的差异是外在的，本质的差异在不同文化影响之中形成的心理结构的差别上；同种同族同样存在着心理结构的截然差异，也是文化因素的制约。这样，我较为自然地从对性格解析转入对人物心理结构的探寻，对象就是我生活的渭河流域，这块农业文明最早呈现的土地上人的心理结构，有什么文化奥秘隐藏其中，我的兴趣和兴奋有如探幽。卡朋铁尔进入海地、"寻根文学"和"文化心理结构"创作理论，这三个因素差不多同时影响到我，我把这三个东西综合到一起，发现有共通的东西，促成我的一个决然行动——去西安周边的三个县查阅县志和地方党史文史资料，还有不经意间获得的大量的民间轶事和传闻。那个长篇小说的胚胎渐渐生成，渐渐发育丰满起来，我感到真正寻找到"属于自己的句子"了。

我并不以卡朋铁尔从欧洲现代派旗帜下撤退的行动，作为拒绝了解现代派艺术的证据。现代派艺术肯定不适合所有作家。适合于某种艺术流派的作家，会在那个流派里发挥创造智慧；不适合于某种艺术流派的作家，就会在他清醒地意识到不适合时逃离出去，重新寻找更适合自己性气的艺术途径。这是作家创作发展较为普遍的现象。海明威把他的艺术追求归纳为一句话，说他一生都在"寻找属于自己的句子"。这个"句子"自然不能等同于叙述文字里的句子。既然是"一生"，就会有许多次，我们习惯用一次新的成功的探索或突破来表述这个过程和结果。卡朋铁尔到海地"寻找"到了真正"属于自己的句子"，开创了拉美文学新的天地，以至发生"爆炸"，以至影响到世界文坛。今天坦白说来，《王国》我读得朦朦胧胧，未能解得全部深奥，也许是生活距离太大，也许"神奇"的意象颇难解读，也许翻译的文字比较晦涩。我的最重要的启示在于卡朋铁尔扎到海地去的行动，即他"寻找属于自己的句子"时富于开创意义的勇气，才是我的最有教益的收获。未必也弄出"人变甲虫"的蠢事来。

在昆德拉热遍中国文坛的时候，我也读了昆德拉被翻成中文的全部作品。我钦佩昆德拉结构小说举重若轻的智慧。我喜欢他的简洁明快里的深刻。这是"寻找到属于自己的句子"的又一位成功作家。我不自觉地把《玩笑》和《生命中不能承受之轻》对照起来。这两部杰作在题旨和意向所指上有类近的质地，然而作为小说写作却呈现出决然不同的艺术气象。我习惯从写作的角度去理解其中的奥秘，以为前者属于生活体验，后者已经进入生命体验的层面了。我在这两本小说的阅读对照中，感知到从生活体验进入到生命体验，对作家来说，有如由蚕到蛾羽化后的心灵和思想的自由。

白鹿回到白鹿原

经过两年多的筹备,我们终于迎来了今天这个喜庆的日子,坐落于白鹿原上的白鹿书院成立了。今天有这么多的作家、艺术家、专家、学者和朋友,以及关心文化发展的各级领导来参加我们白鹿书院的成立庆典,特别是从维熙、张贤亮、熊召政、张日凯等几位远道而来的朋友来参加这个庆典仪式,我感到非常高兴,我在这里向各位表示诚挚的谢意!

我在长篇小说《白鹿原》里曾写到一个书院,这个书院就叫白鹿书院。小说是虚构的艺术。《白鹿原》中的人物大都是虚构的,唯有白鹿书院的山长朱先生是有生活原型的,就是清末举人、著述甚丰的学人、影响很大的蓝田人牛兆濂。

白鹿书院也有真实生活依托，就是牛兆濂先生当时主持的蓝田县的芸阁学舍。如果要追溯芸阁学舍的文化脉络，渊源可以追溯到宋代，芸阁学舍是在为宋代"关学"代表人物吕大忠、吕大防、吕大均、吕大临所修"四献祠"的基础上，拓修为传道授业解惑的书院，鼎盛一时，曾有韩国留学生在此学习。2002年，我和几位学者讨论一些问题时，有学者建议，可以在白鹿原上创建一个白鹿书院，承继中华文化的脉络，弘扬其优秀品格。创建白鹿书院的构想得到了社会各方人士的热心赞赏，西安思源学院周延波院长更是大力赞同积极支持，白鹿书院从而由构想变成了现实，白鹿终于回到了白鹿原上。

在我们传统文化乃至民族心理意识里，白鹿是吉祥、和谐、纯洁、美好和超凡的一种象征性图腾，上至王宫下至庙堂乃至民居宅院都有鹿的各种生动壁画和雕刻。以白鹿来命名书院，就是想创造一种和谐纯净的学术探讨和文化研究氛围，这种和谐与探究的精神与我们所要创造和谐社会的精神是一致的。

书院是教育和学术研究机构，同时它又是一种文化和精神的象征。我们办白鹿书院，一是承继中国传统文化精华和风神秀骨，以白鹿书院为平台，广泛团结、联系国内外的学者、评论家和作家开展游学、讲学、讨论等交流活动，让传统文化在现代化进程中焕发生机。白鹿书院诞生在古长安这块具有深厚文化底蕴的土地上，我们将会开掘源远流长的关中文脉、关学精神，探索促进传统文化向现代转型的新途径。第二，我们现有的这些人差不多都是从事文学和艺术创作和研究的人，文学和艺术只是大文化范畴里的一系，文学、艺术与社会、历史和人的生存形态，有非常紧密的关联，但只是一条途径，因此，书院的研究课题将对现实问题和人类普遍面临的问题，既从文学和艺术的角度，也从思想理论的角度，以及学术的角度进行研究和探讨，争取对我们的生活发展做出富于建设性的建树。第三，白鹿书院还会以文学和艺术为其特色，藏书、编书、教书，研讨、交流，从而对陕西、对西部乃至全国的文学事业产生影响，为繁荣文学事业起到促进作用。

我们逐步开办白鹿书院网站，与陕西以及西北的文科大学联手，整合研究资源，确定研究课题，共同进行学术研究，争取与国内外文学界、学术界进行高层对话，让白鹿书院成为思想、文化交流的一条途径。

西安思源学院是中国十大万人著名民办高校，很有影响。白鹿书院依托思源而建，对双方都很有利。湖南有个岳麓书院，宋代理学家朱熹曾在那里讲过学，目前这所书院已是湖南大学的一部分，因而使湖南大学成了千年学府，提高了知名度。同样，办好了白鹿书院，将与思源学院互相促进,相得益彰。

我希望,白鹿书院能办成一个萃集各界贤达优秀思想的地方,一个能传承优秀的中国文化和传播时代新声的地方。

突破自己

××同志：

你好。上月初的来信收读后，心里很不安。你因为坚持较长时间的业余文学创作而"一无所获"，"在一次又一次的退稿面前，不得不承认自己'先天的基因'不足这个事实了"，因而决定罢手，再不做这样的"无效劳动"。你不是因为兴趣转移，也不是因为其他原因，恰恰是被天才的神话吓住了，怀疑了，动摇了，放弃了自己对文学事业的追求。我感到遗憾，深深的遗憾。

我不想说天才的有无，因为我至今也搞不清这个神秘而又吓人的字眼里究竟包含着怎样的意思。我只是确信我自己没有"先天的基因"，更与"天才"没有缘分儿；我只是深知在处女作发表之前，经受一封封退稿信的痛苦是一个较为普遍的现象，许多活跃于当代文坛的令人景慕的中青年作家都不能逃脱这种"残酷的现实",无需举证,几乎每人"都有一本血泪账"。我想,如果这些当代文坛的健儿在一鸣惊人之作发表之前的痛苦磨炼中,突然被"天才"这个魔鬼迷了心窍,从而中止了创作,那么对于当代中国的文坛,该是一个多大的损失!相信"天才"而终于被吓倒了的,可能正是许多"天才人物"。据说有个别"天才作家"没有经受过这种痛苦,非常轻松,一写即能发表,一发表即引起震动,连本人甚至也觉得竟是意想不到的容易。这样的"天才",我不敢说一定没有,但一定很少。既然我们都不是"天才",都不具备"先天的基因",那么我们就不能循着"天才"的足迹走,宁可少看或不看"天才"们洋洋自得的面孔,免得灭了自己的志气。多读一些"先天基因"甚微乃至完全没有"天才",在通过艰苦卓绝的奋斗中对人类有所贡献的人的事迹,对我们将是一种鼓舞,使我们受到启发,增加奋斗的志气和追求事业的韧劲。

我以为问题的要害在于,人在理想和事业的追求过程的各个阶段,对自己的实际能力应有一个认真的客观的估计。这种估计不是猜摸"天才"成分的多寡,而是自己此时或彼时对于自己所钻研的学问所实际达到的把握。自己在某几个方面强些,在某几个方面弱些。对于强的一面或几面如何进一步巩固和发挥,对于弱的一点或几点如何加强。而尤为重要的是，能在诸种因素中，找到致命的关键的薄弱环节，作为这一阶段学习和攻占的目标，作为前进的突破口。这一薄弱环节被突破，其他的薄弱环节中又有一点相对地变成新的至为关键的薄弱环节，又成为新的突破口。我以为，突破首先是打破自己的局限。

文学创作是一种复杂的劳动，甚至带有某些神秘色彩。我以为不论如何复杂，如何神秘，还是不外乎柳青生前所讲的作家要经过"三个学校"的总概括，即生活的学校、艺术的学校和政治的学校。作家为什么要深入生活，理解生活，从而达到对生活的艺术概括，创造形象的理论；作家为什么要学习政治，提高思想以强化自己对生活的现实内容和历史内容的独到而新鲜的认识，深化作品的主题；作家如何加强艺术素养而提高自己对于所了解的生活的表现能力，等等，柳青都有独到而精辟的见解。我这里所要说的正确估计自己，从而不断地找到突破口的意见，仅仅局限于艺术表现能力的学习范围之内，或者更具体地说，就是在成为大作家之前，练习文学的基本功力的过程中应该注意的事。

即以短篇小说这种文学形式的创作来说，有主题的提炼，人物塑造，结构，情节的铺展，这些大家所常说的几个方面。再进一步说，文学语言的锤炼，细节的选择和描绘，人物对话如何恰如其分而又绘声绘色，叙述语言怎样避免干巴巴的事件或过程的介绍,变成一种形象的叙述,何处适宜浓墨重彩细致描绘,何处又必须一笔带过而绝不应多写一句……这些文学表现能力的基本功夫,全部都得经过实际的练习而后才能有所提高。从优秀作品的阅读中得到启示,在自己的实际写作中得到磨炼,不断提高。而在这个过程中最害人的是某些小说作法——各种变换花样的小说作法。所有这些文学表现的基本功夫,只有在写作中无数次失败里去获得。

我在发过三四个短篇之后,有一次小结。这三四篇小说,篇幅都在二万字以上,好多同志都说那实际已经是中篇的架子了。在短篇的结构问题上,我不是千方百计,仅仅是一方一计,太单调太笨拙了——我找到了自己的突破口。我集中阅读了一批国内和国外的优秀短篇,最终选定了莫泊桑的短篇小说,重点学习莫氏的许多优秀短篇的结构手法。从而打破了自己的局限,从篇幅上一下子缩小了,此后的习作大多数在万字以内,多有六七千字的习作。后来一次找到自己的突破口,是语言。一批作品发表了,有的同志说我的文学语言生活气息浓,好得很;有的说那语言简直不堪一读。我觉得这些话都有可取之处。我的语言实际所达到的程度,不是至善至美,也不是不堪一读,而是有待于进一步锤炼和提高,使其更富于美感。语言的美有各种内涵,有人欣赏华丽,有人喜欢淡泊。我喜欢一种刚健而富于弹性的生动活泼的语言。

一种对活泼的生活语言经过提炼的优美朴实的文学语言，成为我追求的目标。第三次有意识地寻找到自己的艺术表现能力的突破口，是感情色彩。这是听到评论家和读者的评论和意见之后，归结出来的。写小说是写人，写人是要写这个人的典型性、形象性，这是老生常谈的话。但写人的什么？形象而逼真的肖像吗？历尽艰辛的生活道路吗？可歌可泣的英雄行为吗？是的，这些都要写。但这仍然不够，应该更进一步明确地意识到，在他或她的生活道路的艰辛历程中，英雄行为中，准确而生动地写出他或她在此时此景或彼时彼境下的感情色彩，感情波澜，以情动人。作品与读者之间是以人物的感情进行交流的，人物的感情色彩出不来，读者就觉得乏味了。某一段叙述或描写（乃至风景环境描写）一旦离开作品人物的感情的纽带，读者立即就想跳过去。在人物感情的描绘中，我觉得首先是准确。准确排斥虚假。所谓把握人物性格，在很大程度上是把握人物的感情波动的浪潮。意识到这一点，我在尔后的习作中努力争取写准确（不足或过分都不算准确）人物的感情。

这种不断地找到自己的"突破口"的办法，是我近几年间在业余创作实践中自己摸索的，我以为是切合我的实际的。要找到自己的"突破口"，并不是一件容易的事，需要冷静，甚至需要对自己的近于严酷的态度。完全凭自信而觉得不必遇伯乐，不行；完全自卑而觉得"先天基因"不备，也不行。要自信而又不自信，自信——经过学习和磨炼，敢于肯定自己已经具备了一定的文学素养；不自信——更重要的是看到自己还有许多薄弱环节需要突破。这样，我们就能始终踏实地去学习，去摸索，去积累自己失败的和成功的经验，不以误有"天才"而自喜，不以自己无"天才"而却步。扎扎实实地进行文学基本功的练习，走完处女作发表之前这一段较为漫长，较为痛苦的创作道路。

处女作发表以后又怎么样呢？仍然继续着新的痛苦。处女作发表之后而连续发了十几篇乃至几十篇作品，反应平平，评论的冷漠（不是因"风"而致的偏见），急于提高和突破的痛苦绝不轻于处女作发表之前。即令有一篇"震世"之作发表了，尔后又出现一批平庸之作，又会陷入不能突破（这种突破已不同上文所说的突破口）的痛苦深渊。我的体会是，在创作这项事业中，欢乐是短暂的，痛苦是永恒的。痛苦中有追求，有不满足现状，有新的渴盼，因此永远不会完结。痛苦没有了，希望也就没有了。

无论我们能否在文学事业中有所建树，或建树的大小如何，既然从事这个迷人而又复杂的令人痛苦的事业，首先必须打破某些玄而又玄的关于"天才"的吓人的宣传，排除一切轻易取得成果的侥幸心理，而把自己的脚跟站在艰苦奋斗、努力登攀的基地上。柳青有一句名言传世：文学是愚人的事业。

以上说了这些很肤浅的话，愿共勉。

祝进步。

致以

敬礼

陈忠实

1983 年 11 月 2 日

文学的信念与理想

我的文学信念形成的时间很漫长,是从不自觉到自觉的过程,也有去伪存真的问题。最初的很长一段时间里,单就个人的因素看,写作确实就是一种兴趣和爱好。它的萌发是一种兴趣,包括已经能发表很多作品的时候,在很大程度上还是一种个人的创作兴趣,一旦沾染上了文学,发表了些作品,同时也就产生了名利之心。再后来,把文学创作当作一种生活目标来追求的时候,毫无讳言,具体到个人出路的非常实际的问题时,我还是从自身考虑的多。尽管在陕西省已成为有影响的一个作家了,社会要求你的写作是要为革命,自然要附着一些当时流行的社会政治口号,把你的创作归列到那上面去。但具体到我写作的真实心理,仍然是兴趣。最初的兴趣是在中学读书时引发的，不自觉地连续练习写作。到高中毕业时，处在国家"困难时期"的非常重要的关头，是我人生最重要的转折点，也是我人生最困难的、最苦恼的一段时期。后来我回忆当时，不能进大学学习，对于一个青年来说，无论从个人出路、发展，还是从报效祖国、服务人民，即从公与私的角度看，所有的路一下子都被堵死了，在一切都不可能的时候，我很自然地把自己的精神集中到文学爱好上来。这也是我当时唯一能选择的道路。这样，反而排除了一些轻易能够进入社会，包括谋一个好的工作这样侥幸的心理，反而归于一种死心塌地的沉静。进入这种自修状态，我的目标很明确，自修四年发表第一篇作品，就是我的大学学历完成的标志。那是我从最基本的文学修养开始练习，摸索写作的道路。在这一时期，最重要的是文字修炼，虽然也是在任何冠冕堂皇的场合都要讲是为革命写作，其实是以文学创作来寻找自己的人生出路。尽管如此，选择文学的动力还是对文学的兴趣。回忆那一段时间，我总以为，一种虽然时间不长却极度的恐慌和痛苦过去以后，我才进入学习的最好的沉静状态，开始了文学创作的准备。最初是广泛阅读，包括背诵、记日记、写读书笔记、生活笔记，这些笔记不仅锻炼了文字功力，而且锻炼了我观察生活的敏锐性。我很清醒，如果文字功力不足，想把发生、发展的事情表达出来，实现自己的人生理想，想当作家是不可能的。

到能发表一些作品，并在社会上产生比较多的影响的时候，文学创作仅仅作为个人生存的目的，反而淡化了，退居次位了，不是主要矛盾了。社会承认你是一个作家，你就要对自己创作的进一步发展提出更高的目标。这大约应该是到了20世纪的80年代中期。我清醒地意识到，社会承认你作为一个人的创造价值，但社会同时也强迫你必须认识到它承认的是什么样的作家。换句话说，你要做一个能与社会的发展趋势相一致的作家，否则，你即使成了作家也难以获得一个作家的安慰和自信。这个意识在写《白鹿原》之前的80年代中期已经非常强烈了。在这个时期，我的创作已经在社会上有一些影响，短篇小说在全国获过奖，也出了几本中短篇作品集。后来出书的兴奋感渐渐地淡化了，强烈地意识到一种压力，作为一个作家，在陕西和在中国当代文学中，自己给自己打一下分，掂量一下自己的分量，就明白自己达到了什么程度，包括生命年轮，五十岁成为我很大的心理压力。这时候，文学信念开始形成，新的创作欲望膨胀起来，想在文学这个事业上形成属于自己的，应该不为人淡忘的东西，也就是努力为自己在文学领域里占一席之地的想法强烈了。我同时也产生着另一面的心理危机，如果当代读者把我的全部作品淡忘了，这个作家存在的意义恐怕仅仅只剩下"活着"了。

原来我只有一句豪言壮语：应该在中国的图书馆里挤进一本书，哪怕是一篇文章也好。因为图书馆不是任何人、任何书都能挤进去的。一方面，这个时候的创作欲望，不再是在重要刊物上发表作品并获奖，也不是为了获得评论家给予的赞赏，这些都很难再激起我的创作欲；另一方面，与此相辅相成，对文学创作的理解也产生新的欲望。创作心态正是在这一时期发生了重大转变。80年代中期，文学创作和理论都非常活跃，所有新鲜理论不论是中国的还是外国的对我产生了很大的影响，尤其是关于创作的人物心理结构学说、文化心理结构学说。过去很长一段时间里，到接触这个理论以前，接受并尊崇的是塑造人物典型理论，它一直是我所遵循和实践着的理论，我也很尊重这个理论。你怎么能写活人物、写透人物、塑造出典型来？文化心理结构学说给我一个重要的启示，就是要进入你要塑造的人物的心理结构并解析，而解析的钥匙是文化。这以后，我比较自觉地思考中国人的文化心理，从几千年的民族历史上对这个民族产生最重要的影响的儒家文化，看当代中国人心理结构的内在形态和外在特征，以某种新奇而又神秘的感觉从这个角度探视我所要塑造和表现的人物。最明确的作品是《四妹子》《蓝袍先生》，这是我的创作实验的两部作品。

特别是《蓝袍先生》发表后的反应，诱发了我强烈的创作欲望，鼓舞我进一步在更大的层面上深层次解析民族的文化心理结构，《白鹿原》就是在这样的创作思路下开始构想的。它展现的不仅是两个个别的、具体的、家庭的文化心理结构，而且是整个民族的精神和心理结构。从这一点上看，《白鹿原》里的各类人物，他们彼此间的诸多纠葛和命运的冲撞，其实仅是个载体。抓住对人物文化心理结构的解析，一条新的创作思路便在我的眼前展开。我曾说过，我当时的思路和精神状态是最活跃的，充满了新鲜感，好像进入一种新的精神天地、思想天地、艺术天地，整个形成了思想和艺术世界极大的兴奋感和探秘感。到了这时，我才有信心完成《白鹿原》这部作品。由于有这些东西的引导让我感觉到了一个全新的境界，创作欲望和思想激情自然就达到了一个我从未有过的高涨状态。由于是个人生命体验性的东西，对人的鼓舞和心理自信的强化就显得非常内在，不是谁轻易可以摧毁的。

作家探索的勇气和艺术创造的新鲜感所形成的文学信念是无法比拟的，我感觉好像要实现一个重要的创造理想，但是也有达不到目的的担心存在。一个作家关键的东西是自我把握，自我把脉太重要了，不能简单地不加分析地听任社会上一些人对你的"褒"和"贬"。如果久久得意于对自己的一时表扬，目光也会短浅起来，无法把才智挥发到极致。重要的是使自己不断跨越已有的成就，对自己不断提出更高的新目标和新要求。

关于"文学依然神圣"这个话题，主要是有感于现实而发的。90年代中期，我们的商品经济进入最初的活跃阶段，社会生活形态、人际关系受到猛烈的冲击和颠覆。颠覆未必是坏事，我们原有的观念太陈旧了，这个颠覆的过程把那些陈腐的东西颠覆掉，但也未必产生的都是全新的、正确的、科学的生活观念。颠覆本身具有二重性，尤其是这个过程中对原来比较神圣的一些东西和情感，也都被轻蔑了。所谓的"造导弹的不如卖茶叶蛋的"，从事文学事业的作家也像造导弹的专家一样被贬值了，社会真正看重的是卖茶叶蛋的实际收入，而轻视造导弹或搞创作的创造性的社会价值，人们普遍关注的不是劳动的意义，而是物质性的结果。这个结果甚至简单到单指个人收入。被中国人一贯认为神圣的文学，包括受敬重的作家头衔，在这个时候也不那么神圣了，这种精神劳动在普通人眼里未必能胜过卖茶叶蛋的，这是那个时段里最为形象的比喻。重要的是我们作家群体里包括文化界，也有一种无奈的自我调侃乃至对市侩观念的认可，对创作的发展造成了影响。"文学依然神圣"的口号是我在炎黄优秀编辑颁奖会上讲的，它虽然被社会传播了，但仍然有人怀疑——难道文学真的依然神圣吗？根据现时代的生活特征，文学果真还能神圣下去吗？作家、科学家都已经被边缘化了，挣钱人神圣了，是否确实把自己变成当代的唐·吉诃德了？生活实际上运转得也很快，我感觉从2002年的今天回头看五六年以前的生活，这中间的变化不小，应该说人们现在对文学的看法比以前要冷静和正常，这是重新经过选择、思考和鉴别的结果。

让人忧虑的是创作上的浮躁、快速化、平面化和理论上的平庸或者说庸俗化。这不是某一个作家、评论家或某一个地区的现象，而是带有普遍性的，整个文坛都在议论这个话题，各类报刊都在从不同的角度讨论这一问题。创作现在到了最快速化的时代了，一年生产的长篇小说（不说中短篇）近千部，是过去"十七年"的总和的几倍，远远超过"大跃进"时代了。这个快速创作量、出版量固然呈现出了繁荣的局面，但读者对文学界本身的不满意并没有因此而有所缓和。人们依然关注的是提高作品质量的问题，那种一般化地写，泛泛地以及媒体不着边际的"炒作"，严重地倒了广大读者文学阅读的胃口。这样一个局面，当然与浮躁的生活环境所产生的急功近利的浮躁心态有关，但从一个作家创作的角度讲，最致命的东西还不是这个，作家的能力、解析当代社会和历史生活的思想穿透力，关键还在这方面。现在大量历史题材的小说、皇帝小说（也没看很多，从电视上看），大多局限在权力的诉说之中,甚至有一种对封建权力的崇拜和对阴谋权力的某种兴趣,这种东西展开的故事往往很热闹,斗争很激烈,观众兴趣很大。但是,作为一个作家,我只问他的思想和立场是什么?作家透视历史宫闱的力量有没有?从历史发展的角度看,封建制度确有它辉煌的一面,但其作为人类历史发展过程的一段,毕竟是一个非常落后的社会制度,回头看看历史,我觉得作家首先要有穿透封建权力的思想和对独裁制度批判的力量,但是现在看不到,全部是把历史当作对有所作为的皇帝的歌颂,甚至在歌颂有所作为的那一面的同时,把其对老百姓非常残忍的一面或隐而不提,或全部抹杀了。作家的思想穿透力远远没有达到"五四"时代新文化先行者对于历史认识的力度。对现实生活的表现和揭示,也还停留在对当代共产党人的清官与贪官的浅层次辨析上,很难进入一种对人的心灵的关照,难以进入在这个时代中对人民心灵的欢畅和痛苦的那种本质上的关照,而这恰恰是文学作品应该全力关注的东西。平面化和浅层化对此既然难以发现就只好绕着走,似乎没有高招解决这一问题。但我相信许多作家都在做着各种努力。做努力是一方面,时间又是一方面,因为这是无法回避的。作家创作要提升档次,文字表现能力,包括一些新的表现手法、艺术形式等,对许多作家来说都不成问题,那还剩下什么制约着作家不能登上一个新的创作台阶?就是思想和境界。如果思想无法穿透生活深度,不能超出普通人很多,那么,作品怎会有思想的力度和深度的东西,自然不会引起读者的兴趣了。

　　作为一个作家的文学理想,当然是要创造出思想内涵包括文学形式上的一种全新的形态,一个作家如果没有属于自己思想和艺术形态上的一种全新的、有异于所有人的作品形态的作品,那么,这个作家是立不住的。各国的文坛都是这样残酷。作家希望创造出属于自己独有的艺术世界、艺术形态,但作品发表出来的结果却是属于人民的、民族的。一个作家的文学理想不能不涉及为民族精神的更新和发展提供点什么。每一个作品对作家来讲都是不一样的,作品的形成过程,体验的方式和结果都不一样,体验决定着作家的精神状态,也制约着艺术形态。体验是独特的、个性化的,表现它的艺术形式也是独特的、唯一的,这才有可能形成作家独特的创作风格,而最为关键的是作家本身不能削弱也不能淡忘自己对新的艺术形态的探索和追求,不能满足于已经取得的由相当成熟的艺术实践经验支撑的创作成就,这才有可能不重复自己也不重复他人。再就是要不断磨砺自己的思想,面对你所感兴趣的生活,不论是现实的还是历史的,必须有能力穿透到一个新的层面上才会有新的发现。应该说艺术和思想是互相交融的,一个新的艺术形态不会孤立地从天而降,它是与那种新的思想在穿透历史的过程中同步发现、同步酝酿、同步创造而成的。这需要不断更新相关的观念，尤其是像我这个年龄的作家，由于过去接受非文学的东西太多，不排除非文学的意识，就很难接近本真的文学，排除快解禁快，排除得越彻底接近本真文学的意识越纯，才能进行真正意义上的艺术创作。至于作品，不管其大小，哪怕是一个短篇，只要这些东西具备了，对一个民族建树自己的文化都是有益的。

作家应该留下你所描写的民族精神风貌给后人。不管是历史的还是现实的人生，一经作家用自己的生命所感受的体验后，表现出来的就应是这个民族在特定历史时段整个精神层面的一种比较准确的、具有普遍性的东西。我们从阅读国外作家的优秀作品中，常能对某个国家的某个时段里人的精神状态，包括人的快乐和痛苦，感受到有一种虽异样却颇深刻的体悟。作为一个作家也应该肩负起这样的责任，在这个国家和民族发展的历史上留下你的真实描绘，把这个时代人的精神形态和心理秩序艺术地告诉给后人，让他们从这些已经成为过去的现象里把握那个时代人的精神脉搏，并引发出有益的启示。在西方文化大量涌现的今天，作家们理应提供一个又一个优秀的文学文本，不是消极地保护民族文化，而是以创造优秀作品来丰富、更新、发展民族文化。有了真正优秀的作品，才能长民族文化的自信心，并在国际文化、文学的交流中获得我们应有的平等地位。目前，并不具备这种文化平等交流、交换的条件，这不能简单地以经济发展做后盾，也不能用政治上的平等来取代，没有一定数量的优秀作品，交流、交换很自然地就形成了强弱之势，怎么能平等呢！这需要一代一代作家来完成。当然，作为一种社会责任，社会应该尊重和爱护作家，但作家的文学理想却必须把为民族创造优秀作品作为坚定不移的奋斗目标。如果我们没有这样的理想、意志和雄心，必然完成不了文化上平等的交流，甚至连一点回流的力量都没有。想一想看，就我们的出版而言，我们翻译出版了多少欧美国家以及日本、拉美的作品，包括古典的和现代的作家作品，而国外翻译出版中国的作品却是微乎其微，根本构不成一个比例。面对这种情况，说我们不具备与世界文学进行对等交流的条件，显然是一个不争的事实。文学和电影的状况一样，是西方向中国倾入之势，起码在目前尚无法改变，只能靠一定的政策来制约。把争取在多少年后达到一种平等的交流作为文学理想的一个重要的内容，我看是应该的。

没有优秀的文学文本，要改变外来文化的倾覆之势是不可能的，这种看法应该让作家普遍地深刻认识到。真意识到这一点了他就有"天降大任于斯人"之感，他也许就能静下心来，不再浮躁，也就不会满足于一些小小的荣誉。小有成就就欢呼雀跃，说到底还是对文学创作这种劳动的意义的理解有问题。这个问题本来不难解决，你只要往图书馆书架下一站，你只要抽出几本经典的作品来，认真读一下就会明白真正的文学是什么，就会意识到自己取得的某些成绩，虽然对个人而言是值得庆贺的事情，但你马上就会明白不应该耽搁太久，离高峰还很远，只能把这当作攀向另一个高峰的台阶，争取获得实现另一次突破的途径和力量，而不应沉醉太久而耽误了行程。常看到有人在很低的台阶上取得了很小的成绩时，就以为攀上了最高峰，尤其对那些具有潜在能力的作家来说，因为对文学的理解不足和艺术视野的狭窄，往往把他的天才和智慧浪费了。

我的创作原则没有变，"未有体验不谋篇"。尽管这一个时期没有写小说，但是写了很多的散文，对于文学的思考自觉不自觉地从来没有间断过。创作新欲望的产生，从我感觉上讲，也是对创作过渡到另一种理解的自然过程，我的习作是从短篇开始的，现在重新开始短篇小说写作，仍然很新鲜。就我而言，70年代末到80年代中期的写作，我感觉还是不断接近文学本身的过程，直到完成《白鹿原》，这个过程当为一个阶段的完成，也就是说完全接近文学的本身。现在我对短篇写作探索兴趣很大，短篇题材天地非常广阔，作家怎么写都探索不尽，尽管前人（中国人和外国人）创作了无以计数的短篇，仍然留给我们很大的创作余地，谁也不挤（影响）谁。现在才发现，我仍然是对关中现实生活的敏感程度远远超出对历史题材的兴趣和敏感度，《白鹿原》应该说是一个例外。我过去一直关注的都是现实题材，却突然写了一个《白鹿原》这样的历史题材，现在又重新面对我最容易触发心灵和神经敏感的现实生活，包括阅读报纸和感受运动着的生活。最近的五六个短篇都是这种题材的作品。我已经形成了这样的写作习惯，即使写短篇小说，也必须是一个短篇与一个短篇绝不应雷同，不能形成一个似曾相识的稳态模式。在我的创作感觉里，因为每一次体验到的内容不一样，就不可能用一种艺术形态表现它，甚至语言的色彩。每一个短篇都要找到一个新的适宜于表述这体验的艺术形式，它们各有姿态，包括语言姿态。这样的创作发展到以后会是怎么个样子我也不好把握。我的创作是靠感受，感受和体验不是按计划发生的，所以以后的状态真的不知道。

再说死亡

七八年前，感伤于一位正当创作旺期的青年作家的早逝，多年没有写过诗的我写了一首诗：《猜想死亡》。诗里表述了我对死亡的一种猜想，因为人类文明的进步与发展，许多不可知的东西被揭开谜底变为可知，许多不可料知的事也都成为可以预料预防的事了。但迄今为止，人类关于死亡之谜仍然是一个谜，无法阻止无法预测更无法料定，正如民间哲学所归纳的那样，谁再厉害也不知自己该在何时何地以何种方式离开这个世界。所以，对死亡我便做出这样一种猜想：天上可能有一颗专司死亡的星星，它像弹球一样砸向地球，击中了谁谁就倒霉了，而不论这个人是总统是将军或是平民。在被那颗灾星击中之前，总统继续施政，将军继续操练士兵，平民继续忙碌自己的柴米油盐，只能如是。因为任何人既不可能长生不老，也无法料知自己被灾星击中的时间、地点和方式。

　　近日读了青年诗人李汉荣的诗,很富于哲理思索的诗,那些关于生与死,尤其是死的思索,颇得以启迪。李汉荣的观点是:生是欢乐,值得敲锣打鼓鸣炮庆祝;死亦为欢乐,也值得以同样的形式庆祝;一个生命离开世界和一个生命来到这个世界,都应该以欢乐的心理和方式庆祝。我大为惊异。对新生命的诞生的欢迎形式早就以多种风俗习惯持续着,而死亡从来不是庆祝,通常用的是哀悼,是痛失,是噩耗这类凄凄婉婉痛痛切切悲痛欲绝的词语。在生活中,如若谁对谁的死亡说一句"值得庆祝",准会招骂挨打甚至被看成神经出了问题,因为这话违背了通常习惯和心理。由李汉荣的诗,我又联想到日本大腕导演黑泽明的一组电影短片,其中有约半个小时的《水车村》,这部短片的内容仅仅是展示了一种丧葬仪式。整个丧葬仪式集中表达的就是欢乐和庆祝。水车村的男女老少穿着彩色的民族服装,用民族器乐奏着优雅的乐曲,跳着欢乐而又优雅的民族舞蹈,送逝者归入山地。中国诗人李汉荣和日本名导黑泽明关于死亡的哲思是如此的一致,所以我才感到惊异,惊异他们较之我在这个话题上的思索要深了一层。我仅仅是猜想了死亡的方式,而没有达到值得欢庆这样一种哲学的高度。

关于生的话题且不论。如果没有死亡，今天的世界会是什么样子？孔子如果活到现在会如何？秦始皇和秦二世活到现在怎么办？即使唐太宗李世民活到今天也是不可想象的事。从人类生命诞生一直繁衍到今天会有多少人，这是一个永远也无法统计的未知数，恐怕世界的各个角落都摩肩接踵挤得水泄不通了，地球早在多少年以前，就变成了绝杀生命的月球了。这样想来，死亡真是应该庆祝的事，应该视作欢乐而不应该视作痛失，因为他或她不可能长生不老。人即使活到百余岁终归要谢世，痛失这词对年轻人的早夭可以通情理，于已经完全苍老而活着等于受罪的老人，确应视为欢乐和庆祝的事。

生命的意义首当创造。人从事各类行业的工作各个不同，创造物质财富的多少大小也有差异，然而人类生活和生存的所有物质中的任何一种都是不可或缺的，从事各种劳动的所有生命都是平等的，同样都是应该珍惜的。生命存在的不言而喻的意义还有享受。人在来到这个世界的同时首先开始享受母乳，然后才渐渐获得创造物质的能力。人活着就是创造、劳动和享受生活的甘美和快乐，这些都是人皆尽知的生活常识。问题在于，当人的生命在截至目前尚无法逆抗的自然规律的轨道上运行到极限，丧失了劳动和创造的基本能力的同时，甚至连享受生活的甘美欢乐的能力和欲望也都消失的时候，生命的基本价值也就没有了，多活一日与少活一日，多活一年与少活一年，已经没有任何实际的意义，所以死亡（老死）就应该被视为欢乐和值得庆祝的事。

欢乐和庆祝的意义在于，对其一生的生命价值给予最好的赞颂。他种的麦子，他造的住宅和河桥，他的科学发明给社会给他人带来幸福，他对子女的抚养，对亲人的爱抚，对社会的责任已尽到，他的生命价值在社会的繁荣进步和亲友的欢乐中存在着、延伸着，他的生命值得赞颂和铭记。

亲情和友情所引发的伤情伤悲却是千古以来的人之常情，各个种族皆同。因而就会发生于理性上应视为欢乐的死亡，在情感上都表现为伤痛悲哀，属于情感的难以割舍。人于无奈之中，只能寄托于对死去灵魂安息的方式的选择上，尽心尽力做到最好，使活着的亲人也得到情感和心灵的慰藉，把理性的欢乐和情感的悲痛化解为平衡。

孙彦玉女士体察并顺应人类的这一普遍心理需求，与西安市殡仪馆合作，创建西殡安灵苑，为逝者创造一个安息灵魂的幽雅、优美的环境，更为生者创造一个慰藉心灵、寄托亲情的场所。创办几年来，环境愈来愈幽雅，管理愈来愈规范，业已形成浓郁的人文氛围。我钦敬的学界泰斗霍松林先生和书界名家吴三大先生亲自为安灵苑撰写楹联，亲笔书写，概出于对已经谢世的每一个生命的敬重和珍视,对于逝者的亲人的心理和情感的体察和关爱,显示着中国知识分子的人文情怀。他们的行为本身就是对生命的礼赞。

"非典"不是虎烈拉

一场被称作"非典"的瘟疫，把2003年春天应有的诗意糟践得一塌糊涂。消毒液代替了喷洒花草的兴致，千篇一律的口罩遮住了春天里格外活泼生动的脸孔。卫生部发言人每天通报的确诊和疑似病人数字的跌涨，成为几乎所有人关注的第一要闻。一种被科学家"检举"出来的小动物果子狸，一日之间从美味佳肴变为令人恶心呕吐的妖孽。瘟疫造成的灾难和抗击灾难的斗争，肯定进入各地的史志典籍。

突如其来是这场瘟疫爆发最恰当的词汇。在我的全部心理意识中，对诸如地震、洪水乃至战争都有某种准备，唯独对瘟疫连一丝一毫的戒备也没有。十余年前写作《白鹿原》

里的那场蔓延大半个中国的"虎烈拉"瘟疫时，我完全是一种对于不幸者的凭吊和对一种愚昧的告别心境。现在看来，即使在人类可以遨游太空可以置换内脏器官的高科技时代，造成大面积危害人的生命的某种病毒，还是未知数，远远不是马放南山刀枪入库的时候，相应的机制和有效扼制的设施应该尽快完善。

在灾难临头的时候，我看到了敢于负责的政府所显示的力量。"非典"造成的非常时期，各级政府断然采取的措施，畅通无阻，上行下达，一种责任感和一种行政力度，使民众恐惧的心理有所依傍，自信就成为一种强势的社会心理。我已经欣慰地看到这种行政力量所发生的积极效果，全面控制疫情，危害已经在较短的时间跌落到最小。政府的威望是不言而喻的，而威望的核心成分是民众的信赖。

置身"非典"第一线的医务工作者，在他们义无反顾舍生忘死的行为里，彰显出这个民族最可膜拜的精神。我曾经面对电视屏幕上那几位倒下的青春面孔，忍不住泪水潮溢。不仅是崇高的职业道德，不仅是献身精神，更向我们做出了一个时代性的辩证，即膨胀的物欲和世俗化的世风，并未软化并未摧折这个民族的脊梁。他们被誉为最可爱的人是发自我们心底的。

以钟南山为代表的医学科学家成为震撼人心的形象。我又一次最切近地感受到"知识就是力量"的哲理。知识分子的科学立场、科学态度，以及灾难重压之下的独立人格，成为新的世纪里肩负民族使命的卓然楷模，支撑起民族内在精神大厦的柱梁。那些在商潮里投机腐败的角色应该感到羞愧。

灾难来临，不可避免，各种可以预知和不可预知的灾难，在世界的这一角落或那一角落发生，包括自然的和社会的。因为某种利益所导致的偏见而发生的幸灾乐祸，是一种阴暗龌龊的心理，不会在人类世界引起共鸣，只会自找鄙夷和轻蔑。我们更当从灾难里总结经验，科学的立场、科学的态度主旨下的科学举措，才是对付所有灾难的唯一选择，也是使一个民族精神强大的基本起点，勤劳、勇敢、无坚不摧，等等，得以发扬光大出新的更富活力的色彩。

深入生活浅议

创作需要深入生活。这样一个极普通的道理，我却是经历了较长的创作实践之后，才心悦诚服地接受了的。

开始接触深入生活这个概念，是在中学念书的时候。当时的兴趣开始偏重于文学，主要精力和用心，都集中到阅读中外文学作品上，寻求潜藏在那些优秀作品中的艺术技巧，而并没有注意和考虑深入生活的问题，以为那是对专业作家讲的，自己生在农村，长在农村，不存在深入不深入的问题，一切取决于写作技巧的提高。这样盲目的认识，在较长一段时间里，影响着创作的进步。

后来有机会到公社工作，而且担任了一点职务，一下子卷入一万多人口、二十多个大队的矛盾漩涡中。工作任务迫使我调查研究一些村庄的历史和现实的演变过程，人事的，政治的，经济的；工作任务迫使我接触了农村各级干部和社员，也接触上级领导部门的各种人。这些人，有各自的独特的命运、性格、教养，以及对诸种问题的态度。我与他们发生的是工作上的联系，有时争论，甚至争执不下。有的交往多了，逐渐产生个人感情上的联系，他们的喜悦、苦恼、幸运和不幸往往波及到我的感情。

十年动乱中的农村，问题错综复杂。公社干部最耗费精力的，是生产大队里瘫痪的领导班子。我常常从这个村赶到那个村，去解决此类问题。造成领导班子瘫痪的带有普遍性的一个原因是不团结。而一个大队或小队的两位主要领导者的团结问题，除了反映在他们个人的缺点和毛病这些表面现象之外，往往牵扯着整个村子的历史纠纷，历次政治运动在他们身上或明或暗的投影。尤其是"四清"运动和"文化大革命"，新的派系和老的宗族关系错综交织到一起，形成许多微妙的关系。表面上的一句无关重要的话语里，隐藏着运动中造成的死仇，波及到子孙后代的关系中。为了尽可能完满地解决问题，需要了解，需要调查，需要分析。这样，渐渐地，我对家乡农村的现实有了一点认识，对七八十年代的农村的农民也有了一点认识。把自己在生活中接触、发现的人物，通过作品推到读者面前，受到一些文学前辈和读者的鼓励。这时候，我才认识到，深入生活才是创作切实可靠的路子，也才理解了柳青为什么长期居于长安农村的奥秘。我想，一部好作品的产生，除了天才和勤奋之外，深入生活大概是一条共同的规律性的路子。

每个作家都有自己经历的独特的道路。有某些共同点，也有许多不同点。就自身而言，总是企图选择一条适宜于自己创作发展的路子，尽可能可靠的路子。尽管不可避免地要走一些弯路，总希望少走一些。这样，需要学习和借鉴别人的经验，也需要总结自己的教训，特别是后者，那些自己学习创作以来的得失，对于选择而后的路子，就带有更切近的意义。比较冷静地总结自己的教训之后，实践本身给我的影响是深刻的：坚持深入生活而进行创作，这条路子对于我是适宜的，可靠的。

近三四年间，我离开了公社的具体工作岗位，时间是充裕了一些，得以把多年间的生活积累写成习作。从去年下半年开始，我感到空了，也感到某些气力上的不足，加之这三四年间农村生活发生了急剧的变化，我切实感到需要立即进入生活。今年春天，我随区委工作组下乡，在渭河边的一个公社里落实中央关于农业生产责任制的有关政策，钻进矛盾之中，有了对今天农村的直接感受，心地充实了。

生活已经发生了很大的变化。三中全会以来，农村新经济政策给亿万农民带来了创造的活力。今天的农民，特别是年轻一代，与老一代农民有了许多不同之点。新的生活秩序，变化中的人与人的关系，新的人物，新的问题，常常使人有新鲜感，也有陌生感，切实感到需要到生活中去学习，去感受，去结识新的人物，才能创造富有八十年代特质的农民形象。

　　创作要具备多方面的修养：政治修养，艺术修养等等。而当这些方面具有了一定基础，起决定作用的，是作者生活积累的程度，是对时代发展的把握，对人民群众心理情绪深入了解的程度，特别是在重大的社会变革时期，必然引起社会各阶层中各种人的复杂心理情绪的变化，这是由他们所处的政治经济地位以及个人独特的生活经历形成的独特的心理变化，作家只有深入到这些人中间，对他们作历史的和现实的深刻了解，才能得到自己对生活的发现，才能抓住反映生活的闪光的金子。我以为，作家深入生活，认真地研究生活，在自己的生活领域里有了独自的发现，通过作品发出独特的声音，也许能逐渐根除文坛上频频而起的"一窝蜂"、"雷同化"的现象。

　　有一件事，我印象极深。有个周末回到家里，公社连通各村各户的有线广播上，公社党委书记正在作检讨，检讨自己在极左路线指导下开展的学大寨运动中犯过的错误。我站在院子里，心里很不安，他做的那些错事，我在和他共事的时候，间接直接地一起参与执行过，我也应该承担自己的责任，而且感到了心理上的压力。我的父亲听完后说："共产党还是共产党，自家揭自家的短，百姓倒没气了。"第二天，在村子里，又听到不少反映，有人说："过去那么厉害，现在做检讨哩！"也有不少人说："这人到咱公社，还是把力出扎咧！"而且列举出他干的许多好事来。我的心里愈加不能平静，我们的农民多好啊！他们对于干部的错误所造成的损失，容忍的胸怀够博大的。在极左路线指导下，学大寨运动中，有一些人利用那个运动，搞一刀切，搞浮夸，干了不少坏事，除了许多社会原因之外，有一个个人品质的主观因素。又有一些人，主观上想为农民干些好事，因为指导思想的偏差，也干出许多错事和蠢事来。前一种情况的作品写得不少，后一种情况就不多了，我根据自己对这方面的生活感受，写出了《苦恼》和《土地诗篇》。

生活按照它的规律在运动。生活现象纷繁复杂。我们总是企图了解生活，了解社会，研究生活，研究社会中的种种人，触摸到生活的主动脉，这是十分困难而又费力的事。看见了生活现象，理解不深，仅仅只能反映生活的表象，或者把文学作品变成图解一项具体政策的简单的模式，人物成了具体政策支配下的传声筒，人物的活的灵魂没有了。因此，需要学习理论，学习哲学，学习历史，增强理解生活的能力，对不断发生着的生活现象，能有较深一步的认识；对生活发展的趋势，有一个总体的把握；有这样的对时代特质的把握，对纷繁的生活现象就能深入一步了。

创作的唯一依据是生活。是从发展着运动着的生动活泼的现实生活中直接掘取原料。尊重生活，是严肃地研究生活的第一步。尊重生活，就可能打破自己主观认识上和个人感情上的局限和偏见。生活不承认任何人为地强加于它的种种解释，蔑视一切胡乱涂抹给它的虚幻的色彩，给许多争执不休的问题最终作出裁决，毫不留情地淘汰某些臆造生活而貌似时髦的作品。每个作家都有自己深入生活的方法和习惯，我觉得有一块生活根据地为好些。

在一个生活基地里，有较长时间的乃至终生的联系，可以对这一块土地上的人物，老一代和新一代，不断地加深了解。生活发展了，这些人发生着怎样的变化，自己会不断地获得新的印象。中国农村，领域辽阔，农林牧副渔，分工不同，习俗各异，但都是在社会主义制度下生活。一个县或一个公社，一定时期人与人的关系，一些人的情绪变化，总是带着社会的特征，反映着时代的色彩。我们从南方的陈奂生身上，同样亲切地感受到自己身边的北方农民的气质。吃透一个点，就为我们透视整个农村提供了一个天窗地孔。为了不至造成狭隘和局限，还要接触和了解广阔的社会生活，特别是今天，城乡、工农，许多领域的生活已经有了千丝万缕的联系。深入生活,应该想方设法有一个具体的位置,争取卷进漩涡的中心,和生活的创造者一起生活,一起焦虑、苦恼,避免从上往下,从外往里地看生活。做生活的主人,不做旁观者。作家是社会的普通一员,有权利也有义务和人民的心息息相通,自觉抵制自己思想中某些不纯正的东西,才能感受时代和人民的脉搏,不断发出自己的歌唱。

白鸽向我飞来

为了充分感受七月十三日晚十时左右可能出现的惊喜，我约来了两个年轻的农民乡友到我家。我一个人住在白鹿原北坡下祖居的屋院，平时读点书写点小文章挺自在的，而当七月十三日晚十时这个特殊的时刻渐渐接近的时候，却感到一个人的寂寞了，想到至少应该再多有几个人，一起分享那个真是有点揪心的时刻完全可能带给我的欢乐。陕西电视台新闻部的记者也赶到乡下找我来了，他们要抓拍我在那个谜底揭开之后的第一感受。

有两个和我年龄相差甚远的年轻人，又有新闻记者扛着摄像机堵在脸前，我便提醒自己，那个喜讯真的发生时，应持一种喜而不狂兴而不疯的形态，毕竟这样的岁数了，毕竟有摄像机在眼前支着，免得把一时失控的丑相扩散到电视屏幕上去。然而，当萨马兰奇手中那只魔盒似的信封真的向我抖出一只"白鸽"的时候，我还是从椅子上蹦了起来，扬起了双臂，喊出了"北京"。我把什么都忘记了，忘记了身旁的年轻的农民朋友，也忘记了支在脸前的摄像机，也忘记了仅仅在十几分钟以前自我提示不要喜极失态的话。真可谓本性难移。

萨马兰奇主席手中握着的那只白色的信封，顿时幻化为一只白鸽，向中国飞来，向我飞来，将落脚在北京的长城墙头，我便说我的第一感觉是心里头的补偿。

我此刻才如此明晰如此迫切地感受到了一种心里头得到补偿的欣慰和淋漓尽致的痛快。

补偿是因为亏虚。

我有限的近代史知识给我造成的心里头的感受就是亏虚。那段历史留给我的印象就只有男人头上那根猪尾巴式的辫子和女人丑臭不堪的小脚。这个民族在世界上承受的一波叠压一波的屈辱，最后就在我脑子里具象为男人和女人的这两样不堪再睹的东西，心里头的那份亏空便期待着补偿。

当我一次次行驶在不断延伸的高速公路上的时候，当我看到"飞豹"的机体和"长臂"导弹模拟发射的时候，当我一年又一年年终在媒体上看到中国外汇储备递升的报告时，我的脑际里都有那根猪尾巴和小脚的影子掠过，我的心里头都会感受到一种补偿的欣慰。当萨马兰奇放飞的白鸽向我飞来的时候，我感受到补偿是无法掂量其分量的，是一次大补偿。

积久的亏虚终于得到了大补偿，自然就产生自豪自信乃至骄傲了。正是在这个基本的立足点上，我在不断地理解和探索中国共产党和中国革命，不断地理解和思索改革开放的理论和实践。当取得瞩目的成就或发生重大的挫折的时候，脑际掠过那根猪尾巴式的辫子和丑臭不堪的三寸金莲，我便会获得一分清醒，便教我一分理性，从而得出自己的选择。

白鸽已经落脚在长城上。

期待到2008年的那一天，世界上的白鸽都将飞越重洋群山，到长城上来聚首结群，那将是怎样一派美丽的景象。那时，心里头得到的补偿将是最丰盈的，说是历史性的当不为过。